Bed en Breakfast

Ilja Gort

Bed en Breakfast

roman

SLURP
PUBLISHERS

1e druk, februari 2021
2e druk, maart 2021

SLURP Publishers, Amersfoort
ISBN 978-90-829587-9-9

NUR 301

Omslagontwerp & typografie: Ilja Gort & Caroline d'Hollosy
Foto auteur: Caroline d'Hollosy

www.slurppublishers.nl

SLURP PUBLISHERS

Mixed Sources
Productgroep uit goed beheerde bossen, gecontroleerde bronnen en gerecycled materiaal.
FSC www.fsc.org Cert no. CU-COC-802528 © 1996 Forest Stewardship Council

Dit boek is gedrukt op papier dat het kenmerk van de Forest Stewardship Council (FSC) mag dragen. Bij dit papier is het zeker dat de productie niet tot bosvernietiging heeft geleid. Een flink deel van de grondstof is afkomstig uit bossen en plantages die worden beheerd volgens de regels van FSC. Van het andere deel van de grondstof is vastgesteld dat hiervoor geen houtkap in de laatste resten waardevol bos heeft plaatsgevonden. Daarom mag dit papier het FSC Mixed Sources-label dragen. Voor dit boek is het FSC-gecertificeerde Munkenprint gebruikt. Dit papier is 100% chloor- en zwavelvrij gebleekt en wordt geleverd door Arctic Paper Munkedals AB, Zweden.

Alle personen en situaties uit deze roman zijn gezogen uit de dikke schrijversduim van de auteur. Met uitzondering van Eekie de eekhoorn en wellicht de hoofdpersonen Abel en Angela.

‘Vind dingen zo mooi als je kunt,
de meeste mensen vinden te weinig mooi.’
– *Vincent Van Gogh, brief aan Theo, 1874*

Proloog

Met een gezicht dat op onweer stond kwam regisseur Jobst terug naar de tafel.

De cameraman liep hem tegemoet. 'Wat doen we nu?'

'Wachten,' gromde Jobst tussen zijn tanden. 'Wachten tot het kut wordt.'

Hoofdstuk 1

'Aab!' riep Angela. 'Er staat een kudde schapen de moestuin kaal te vreten!'

'What de fuck!' Ongelovig staarde Abel naar de tientallen witte schapenkonten die de bonenstaken vertrapten en elkaar mekkerend verdrongen rond de tomatenplanten. Als die beesten zijn wietgaard achter het huis in de smiezen kregen, vraten ze zijn wietplanten op en zou er een kudde knetterstonede schapen door de straten van Soissant-sur-Cêze zwalken. Hij stoof naar buiten. 'Hé! Schapen! Fuck off!'

Angela rende hem achterna. 'Niet doen, Aab! Niet wegjagen! We moeten ze bij elkaar houden. Jij links, ik rechts. We sluiten ze in.'

Gebukt slopen Abel en Angela elk langs een kant van de moestuin. Vanuit het gebladerte klonk gemekker en tevreden gesmak. Overal trokken schapen bedaard herkauwend plant na plant uit de grond.

'Zouden ze van Thijs zijn?' vroeg Abel gedempt.

'Nee, die hebben bellen om. Bovendien...'

Er klonk een schel fluitje gevolgd door een geschreeuwd bevel. Bij de poort verscheen een forse man met een indrukwekkende baard, een korte cape en een bruine, breedgerande hoed. Langs hem heen renden twee zwart-witte bordercollies de binnenplaats op.

***

'U maakt goede wijn,' bromde de man even later. Hij veegde met de rug van zijn hand wat rood flonkerende druppels uit zijn baard en zette zijn lege glas op tafel.
Ze waren in de schaduw gaan zitten onder de pergola. Abel had het hek dicht gedaan en de twee collies hadden de schapen in een hoek bijeengedreven.
'Excuus voor de overlast,' mijn naam is Gigi. 'Ik vergoed de kosten natuurlijk.' Hij schreef zijn telefoonnummer op de rand van de krant. 'Dit is m'n nummer. Bel maar als u de schade heeft opgemaakt. Ik ben verzekerd.'
Angela bracht haar handen achter haar hoofd en legde haar rossig-blonde krullen in een knoop. 'Nou ja…' Met een glimlach keek ze naar de zich verdringende schapen. 'Zo'n vaart loopt het nu ook weer niet. Ik vind 't wel leuk, een beetje leven in de brouwerij.'
'U spreekt goed Frans. Woont u hier al lang?'
'Dit wordt ons vierde jaar.' Angela vertelde dat Abel en zij hun cd-winkeltje in de Amsterdamse Jordaan hadden verkocht en naar Zuid-Frankrijk waren verhuisd omdat ze verliefd waren geworden op dit wijndomein, de 'Mas des Anges' in Soissant-sur-Cêze in de Chaude.
'En hier maken we nu hele lekkere biologische wijn,' vulde Abel aan.
Gigi knikte. 'Dat is moedig van jullie. De Chaude is echt een uithoek. Kunt u wel aarden? Het is ruig volk hier.'
'Mwoa, dat valt best mee,' zei Abel. 'Het zijn eigenheimers, dat is waar, maar ze hebben ons vaak genoeg geholpen.'
'Dan zijn jullie geluksvogels,' grinnikte Gigi. Hij stond op. 'Allez, ik moet weer verder. Nogmaals excuus en dank voor de wijn.'
'Waar gaat u heen?'

‘Ik zit met mijn schapen in Ile-sur-Lorgues en ik ben op weg naar de schapenscheerder in Saint-Gourges. Twintig kilometer verderop. Een soort Transhumance in het klein.’ Hij floot zijn schelle fluitje. De honden die voor de kudde op de grond lagen, sprongen overeind. Abel opende het hek en een zee van witte schapenkonten golfde de weg op.

***

‘Allemachtig, wat kunnen die beesten schijten!’ riep Abel naar Angela. Met een bezem stond hij de schapenkeutels op een hoop te vegen en probeerde niet door zijn neus te ademen. ‘Wat zal ik er mee doen? In de moestuin?’
‘Haha, nee, dank je wel!’
‘Oké, dan strooi ik het uit in de wijngaard.’ Hij zette zijn bezem tegen de plataan en liep naar de schuur voor een kruiwagen.

De Floraison, de bloeiperiode van de druivenbloesems, had zich net voltrokken. De bloempjes waren uitgebloeid en nu hingen de wijnstruiken vol kleine groene trossen babydruifjes. Abel strooide er een schep schapenmest tussen. Terroir, peinsde hij terwijl de keutels naar beneden ratelden door de bladeren. Benieuwd wat dit voor smaak aan de wijn gaat geven. Misschien op het etiket vermelden? Lekker bij schapenkaas? Hij dacht aan zijn experiment van vorig jaar, waarbij hij zijn wijn had willen versterken met een scheut zelfverbouwde wietolie. Dat avontuur was op nogal spectaculaire wijze mislukt en sindsdien was hij teruggevallen op zijn oorspronkelijke voornemen: een biologische superwijn maken. Dankzij zijn illegale inkomsten uit de wiethandel had hij kunnen investeren in een wijnkelder vol nieuwe eikenhouten vaten en de eerste jaargang van zijn

Domaine Mas des Anges zou eerdaags worden gebotteld. Van de wietteelt had hij echter niet helemaal afscheid kunnen nemen. Op een afgelegen stuk wijngaard, gescheiden door het riviertje de Cêze en verborgen achter een muur, verbouwde hij nog altijd een hectare loeisterke cannabis.

***

Bij de jeu-de-boulesbaan aan de rand van het plein waren die middag een paar oude mannetjes petanque aan het spelen. Uitbater Jean-Luc kwam de bar uit met een serveerblad waarop twee glazen met een bodempje troebele, gele vloeistof en een karafje water. 'Santé, Jeunes hommes.' Met een joyeus gebaar zette hij het blad op het tafeltje waar Abel en zijn vriend Jean-Claude Bobal, wijnboer en burgemeester van het dorp, zaten.

Soissant-sur-Cêze was een lange rechte weg met aan weerszijden dikke platanen. Hun bladeren vormden een tunnel van groen voor de oude huizen die ooit in vage pasteltinten waren geschilderd. De weg kwam uit op een slaperig pleintje dat werd gedomineerd door een fontein met een kroon van donkergroen mos waar water uit sijpelde. Eromheen een paar winkeltjes en het terrasje van de Bar du Marché, met rode ijzeren tafeltjes en stoeltjes in de lommer van de bomen. Aan de gevel van de Mairie gaf de slap omlaaghangende Franse driekleur reliëf aan de totale loomheid die er heerste.

Jean-Claude pakte het karafje en schonk wat water in hun glazen. Hij was een jaar of zestig en gekleed in een verschoten blauwe broek en een vaal t-shirt zonder opschrift. Op zijn hoofd een versleten pet die eruitzag alsof hij ermee geboren was. Hij hief zijn glas. 'Santé, mon pote. Hoe is het met je wijn?'

'Prima,' zei Abel. 'Vorige week hadden we de mobiele bottelfabriek over de vloer. In één dag alles klaar. Vijfenzestigduizend flessen.'
Zijn vriend liet een respectvol gefluit horen. 'Dat is niet niks.'
'Nee,' beaamde Abel trots. 'De oogst zit in de fles. Mijn eerste, echt goede wijn.'
'Ik heb hem geproefd,' zei Jean-Claude. 'Hij is lekker.' Hij zette zijn glas op tafel. 'Heb je al een koper?'
Oei. Wijn verkopen. Dat was het onderdeel van het wijnboerschap dat Abel altijd met grote voortvarendheid voor zich uitschoof. 'Een koper,' herhaalde hij aarzelend. 'Nou, eh, nog niet echt... Jij?'
De burgemeester grijnsde. 'Ik ben m'n hele oogst alweer kwijt.'
Abel dacht aan de antieke bottelmachine waarmee zijn vriend het leeuwendeel van zijn flessen voorzag van valse etiketten die zijn wijn vele malen meer waard maakten; een activiteit waarmee hij jaarlijks forse winsten opstreek.
Een tijdje keken de mannen zwijgend naar de petanquespelers. De ijzeren ballen klikten tegen elkaar, de mannetjes tilden ze op met magneetjes aan een touwtje en wreven ze schoon met een doek.
De tijd vergleed.
Onder de vlag van de Mairie ging de deur open. Een vrouw stapte naar buiten en maakte wenkende gebaren naar Jean-Claude.
'Merde,' grinnikte hij. 'De natie roept me.' Hij kiepte het laatste restje uit zijn glas achterover en stond op. 'Saluts, mon ami.'

Hoofdstuk 2

Het was rustig op de weg. Met een kalm gangetje reed het met bloemstickers beplakte oranje Volkswagencampertje over de autoroute A10 richting Parijs.

'Wat is dat voor geluid?' vroeg Angela ongerust.

'Welk geluid?' mompelde Abel, terwijl hij met een hand aan het stuur probeerde een vastgelopen cassettebandje met een potlood uit de recorder te peuteren.

'Een soort gebonk, ergens linksvoor.'

'Mwoa, dat is niks,' zei Abel, die werkelijk niets van auto's wist. 'Misschien een schokbreker of zo.'

'Maar er brandt daar een lampje!'

Abel keek naar het dashboard alsof hij het voor het eerst zag. 'Een lampje?'

Angela wees. 'Daar! Moet je niet even opzoeken waar dat voor is?'

'Ach, daar kijk ik nooit naar. Dat is een kapot lampje of iets...'

'Laten we bij het volgende tankstation even stoppen,' besliste Angela. 'Kunnen we meteen kijken of ze daar drinkbare koffie hebben.'

Abel stootte een langgerekt doedelzakgeluid uit dat uitdrukking gaf aan zijn mening over Franse koffie.

Ze besteedde er geen aandacht aan en vroeg: 'Weet je al wat je gaat zeggen, morgen?'

Ondanks deze abrupte verandering van onderwerp wist Abel precies waar zijn vrouw op doelde. Ze waren op weg naar

Nederland om hun wijn te verkopen. Omdat ze minder wilden vliegen, hadden ze besloten de reis met hun campertje te maken en er meteen een bezoek aan hun dochters Lara en Ezra in de Amsterdamse Jordaan aan vast te knopen.
Maar eerst moest er gewerkt worden: Abel had drie afspraken met belangrijke inkopers. Morgenochtend om 11.00 uur moest hij zich vervoegen op het hoofdkantoor van de supermarktketen Galdi, in de hoofdstad van Braboland, Veghel. Daar zou hij zijn wijn presenteren aan het hoofd van de afdeling wijninkoop, Lodewijk Bruls.
'Wat ik ga zeggen?' herhaalde hij aarzelend. 'Nou, gewoon. Ik laat de wijn proeven en ik vertel erover, weetjewel.' Hij dacht aan de doos met twaalf proefflessen die hij die ochtend achterin het busje had geschoven. Eerst zou hij de fles tonen, als was het een kostbaar kroonjuweel. Het etiket naar voren zodat de tekening van de Mas des Anges die ze hadden laten maken door Marc La Barbe, de dorpsartiest van Soissant-sur-Cêze, ten volle tot zijn recht zou komen.
Nee, hij zou de fles niet overhandigen. Dat moment van fysiek contact met zijn liefdeswijn zou hij uitstellen. Begeerte opwekken, weetjewel. Laat die Bruls maar nieuwsgierig worden. En hebberig.
Met gezaghebbende stem, scherp articulerend zodat zijn Amsterdamse accent niet hoorbaar zou zijn, zou hij het achteretiket voorlezen: 'Deze honderd procent biologische wijn is gemaakt van Syrah, Grenache en Mourvèdre. Zij is onbespoten, handgeplukt en heeft negen maanden gerijpt op barriques van Frans eikenhout.' Onder de indruk zou de wijninkoper knikken en gretig zijn hand uitstrekken. Pas dan zou Abel de fles aan hem afstaan. Voorzichtig alsof het een pasgeboren baby was, zou Bruls de fles van hem overnemen, en die bewonderend

strelen. Zijn ogen zouden schitteren, een intense hebberigheid zou zich van hem meester maken. Deze wijn moest en zou hij hebben! Dit was die ene wijn die nog ontbrak in het assortiment. Met deze wijn was de Galdi af! Daarna was het alleen nog de vraag hoeveel duizend flessen hij zou afnemen. Wat er dan nog overbleef (áls er iets overbleef) kon Abel verkopen op een van zijn volgende twee afspraken: 's middags bij supermarktketen Dumbo in Culemborg, daarna op het hoofdkantoor van de populaire warenhuisketen Hela in een buitenwijk van Amsterdam. Maar gezien de enorme wijnafzet van de Galdi, met meer dan 500 winkels, ging Abel ervan uit dat er na zijn bezoek aan Lodewijk Bruls geen fles meer over zou zijn.

***

Het tafereel in de hal van het hoofdkantoor van de Galdi deed denken aan een casting voor een komische film. Op een rij stoeltjes langs de kant zat een aantal keurig geklede heren, ieder met een onverwacht attribuut op schoot. Abel met zijn slungelige lichaam, zijn schouderlange jezushaar, blote voeten in zijn afgetrapte Birkenstocksandalen zat met zijn fles wijn naast een grote man in een streepjeskostuum die rechtop in zijn stoel strak voor zich uit staarde en een spierwitte toiletborstel in houder vasthield. Aan Abels andere kant zat een brildragende jongeman met een Barbiepop in een kermisroze doorkijkdoos. Daarnaast een somber kijkende doodgraver met gele tanden die een drietal felgekleurde teddyberen op zijn schoot had.

Boven de receptiebalie lichtte een nummer op. Door de speakers klonk een vrouwenstem met een Brabants accent: 'Nummer zeventien naar spreekkamer drie. Nummer zeventien, spreek-

kamer drie.' Abel keek naar het papiertje in zijn hand. Zeventien? Dat was hij! Hij sprong op en liep de gang in.
De deur van spreekkamer drie stond op een kier of, zoals hij later zou leren, in het Brabants: 'op een reet.'
Zachtjes klopte hij aan. Er klonk een bars gegrom dat hij opvatte als een toestemming om binnen te komen. Voorzichtig duwde hij de deur open en stapte naar binnen.
In het piepkleine kamertje hing een sterke zweetlucht. Achter een oubollig bureautje zat een dikke man in een rommelig pak. Hoofdwijninkoper Lodewijk Bruls had wat door kaakchirurgen wel wordt omschreven als 'een gepenbek'. Zijn onderkaak stak een eind naar voren, wat hem het aanzien gaf van een buldog. Een beeld dat nog werd versterkt door zijn gerimpelde hondenkop met diepe, paarsige wallen onder de ogen.
Hij keek Abel vanonder zijn wenkbrauwen vorsend aan en maakte een bevelend gebaar naar het lege stoeltje voor het bureau. 'U bent?' vroeg hij met een stem alsof hij zojuist een doos sigaren had leeggerookt.
Altijd in de stemming voor goede seks, dacht Abel, maar het leek hem beter deze grap nog even niet te maken.
Bruls nam Abel van zijn langharige hoofd tot zijn gesandaalde blote voeten op. 'Ah, ik zie het al. U bent van die biowijn.'
'Ja,' zei Abel enthousiast en ging zitten.
'En?' Bruls gaf een vragende ruk met zijn hoofd.
'Ik kom u mijn wijn aanbieden.' Concentreren nu, dacht Abel. Goed articuleren, geen plat Amsterdams praten. Hij klemde zich vast aan de fles op zijn schoot en maakte aanstalten zijn ingestudeerde verhaal te beginnen.
Maar voordat hij iets kon zeggen, gromde Bruls: 'Wat moet ie kosten?'
'Eh...' In verwarring knipperde Abel met zijn ogen. Hier was

hij niet op voorbereid.
'Nou? Het is toch een Frans landwijntje?' Ongeduldig trommelde Bruls met zijn vingers op het bureaublad.
'Klopt! Maar dit is een hele bijzondere, biologische landwijn. Alles met de hand geplu...'
'De prijs.' onderbrak Bruls hem.
Abel haalde diep adem. Nu kwam het eropaan. Prijsonderhandelingen. Hij ging rechtop zitten en zette zijn stoerste stem op. 'Normaal rekenen we voor deze cuvée negen vijfennegentig per fl...'
'Ha!' gromde Bruls. 'Doe dan maar 'ns niet normaal. Graag je beste prijs voor de Galdi.'
Abel besloot het kort te houden. 'Zes euro vijftig.'
'Hm,' bromde Bruls. 'Dat zou interessant kunnen zijn.' Hij greep zijn telefoon en tikte op de calculator. 'Zes vijftig per doos, dat is...'
'Nee!' Abel verslikte zich zowat. 'Zes vijftig per fles!'
De rimpels in Bruls voorhoofd trokken samen, van een buldog veranderde hij in een shar-pei. 'Veel te duur,' gromde hij wrevelig.
'Maar u hebt hem toch nog niet geproefd?'
Bruls maakte een gebaar alsof hij een lastige vlieg verjoeg. 'Nee, want hij is te duur.'
Dit begreep Abel niet. Zelf was hij dol op goede wijn en schroomde niet om dertig euro of meer uit te geven voor een fles mooie Bordeaux. En de prijs was daarbij onverbrekelijk gekoppeld aan de kwaliteit.
'Niet geïnteresseerd,' blafte Bruls en boog zich naar de intercom. 'Volgende, graag.'

***

Ontzield stond Abel later die middag bij de tramhalte te wachten op lijn dertien die hem terug zou brengen naar de Jordaan. Het was een bijzondere dag geweest. Geen van de wijninkopers die hem audiëntie hadden verleend, had ook maar het geringste spoortje interesse getoond. Overal was hij zo snel mogelijk weer naar buiten gebonjourd.

Klingelend reed de tram over de Rozengracht. Abel staarde uit het raam. Het was stil op straat. Angela was de hele dag bij familie en vrienden op visite geweest en vanavond hadden ze met hun dochters afgesproken in een restaurantje in de buurt van hun vroegere huis. Hij keek op de klok van de Westertoren en besloot een halte eerder uit te stappen om via zijn oude straatje te lopen.

Abels rommelige cd-winkeltje was geen winkeltje meer. Achter de etalageruit waren twee gezandstraalde glasplaten opgehangen om inkijk te voorkomen. Hij gluurde ertussendoor en keek in een wit interieur waar alle sfeer zorgvuldig uit was geslagen. Hij slikte. Vijfentwintig jaar hadden Angela en hij hier hun leven geleefd. Hier waren hun kinderen geboren en groot geworden. Achter deze etalageruit hadden de wijnkistjes met elpees en cd's gestaan waarvan hij alle titels uit zijn hoofd kende. Hier had de muziek van de groten der aarde door de ruimte geschald en had hij luidkeels meegegalmd met Jimi Hendrix, The Doors, Pink Floyd en ga zo maar even vijfentwintig jaar door. Hier, in dit huis, hadden ze gelachen en gehuild, gefeest en geleden.
Hij slaakte een diepe zucht en liep met afzakkende schouders de straat uit.

***

Op een bankje voor het restaurant aan de Egelantiersgracht zat Angela al te wachten. Achter haar stond met witte krulletters 'Café Sonneveld' op de ramen.
Abel gaf haar een zoen en schoof naast haar.
Terwijl Angela hun bestelling doorgaf aan de serveuse (tweemaal een Texelse Skuumkoppe, omdat je volgens Abel in een café nooit wijn moest nemen), keek hij naar de grachtenpanden aan de overkant. Tegen elkaar aan leunend, alsof ze moe waren van drie eeuwen Jordaanleven, werden ze door de avondzon in een rossig licht gezet. Het water in de gracht weerspiegelde de huizen, de bomen langs de kade stonden stilletjes een bos na te doen en in de bloembakken aan de leuningen van het bolle bruggetje bloeiden rode geraniums. Christenezielen, schoot het door hem heen, wat was Amsterdam onsterfelijk mooi!
Hij voelde zich week in zijn maag worden. Was naar Frankrijk verhuizen wel de juiste beslissing geweest? Maar anderzijds, zou ik weer terug willen naar Nederland?
Hij zag hun wijndomein in Zuid-Frankrijk voor zich. De Mas des Anges, vier jaar geleden smoorverliefd op geworden, alle schepen achter zich verbrand en een compleet nieuw leven begonnen. Hij dacht aan hoe ze daar zaten, onder de met druiven begroeide pergola, genietend van het uitzicht over de heuvels met lavendelvelden en een glas van hun eigen wijn. Oei! Het W-woord. Onzichtbaar kromp hij ineen.
'Hoe ging het vanochtend?' vroeg Angela.
Hij richtte zich op en streek met gespreide vingers zijn haar naar achteren. 'Vanochtend?'
'Ja, bij de Galdi.'
'O, daar. Ja, nee, dat ging prima.'
'Ja? Fijn. Vertel!'

‘Yeeeee! Oudjes!’ werd er vanaf de gracht geroepen. Op een afgeragde omafiets kwam Ezra de hoek om zeilen, Lara joelend achterop.
Abel was nog nooit zo blij geweest zijn dochters te zien.

Nadat de rook van hun hartstochtelijke knuffelbegroeting was opgetrokken en iedereen was gaan zitten, greep Abel de menukaart. ‘Wat gaan we doen?’
De serveuse passeerde met twee borden stamppot, allebei met een forse gehaktbal in het midden.
‘Wow!’ zei Abel. ‘De Hollandse pot! Die heb ik gemist. Dat ga ik nemen!’
‘Je bent vegetariër, pap!’ zei Lara. ‘Weet je nog?’
‘Zeker, maar eens in de vijf jaar zo’n lekkere vette bal uit de jus, dat moet toch kunnen.’
‘En, pap?’ vroeg Ezra. ‘Hoe ging het vanochtend bij de Galdi? Al je wijn verkocht?’
‘Ja,’ grijnsde Abel. ‘Geen fles meer over. Nee, hoor, geintje. Maarre… Nee, nog niks concreets.’
‘O? Waarom niet dan?’
‘Nou gewoon, dat gaat niet zo snel.’
‘Hoe ging het dan?’
‘Tja, hoe gaat zoiets, je hebt een pittig gesprek met zo’n inkoper. Die vertel je hoe je de wijn maakt, en over de kwaliteit, je geeft wat technische info, hoe we vinifiëren, op eikenhouten barriques en zo, een beetje storytelling weetjewel. Enne… Ja, nee, dat ging op zich goed dus.’
‘Oké, en bij de Dumbo en de Hela? Daar was je toch ook?’
‘Ja, idem dito. Even afwachten wat daar uitkomt…’
Zijn vrouw en dochters keken hem alledrie aan zonder iets te zeggen.

Abel wendde zijn blik af en nam een slok bier.
Toen hij zijn glas neerzette en zag dat de vrouwen hem nog steeds zwijgend opnamen, riep hij uit: ‘Wat is er nou? Wat zitten jullie me nou aan te gapen?’
‘Abel Jongbloed...’ zei Angela met een lichte dreiging in haar stem. ‘Wat is er precies gebeurd vandaag?’

Onder druk van de vrouwelijke overmacht deed Abel verslag van de vreselijkheden waaraan hij die dag was blootgesteld. Eerst terughoudend, in korte brokkelige zinnen, gaandeweg met toenemend enthousiasme. Vooral zijn met behulp van twee kussentjes uitgevoerde imitatie van de corpulente Galdi-inkoper Lodewijk Bruls zou later op familiefeestjes uitgroeien tot een succesnummer.
‘Maar pap,’ zei Lara toen ze uitgelachen waren. ‘Als het nou zo moeilijk is om je wijn te verkopen, waarom beginnen jullie dan geen B&B? Jullie hebben kamers genoeg daar!’
Abel trok een gezicht alsof hij een haarbal moest uitbraken. ‘Hou op met me!’
‘Waarom? Dat is toch hartstikke leuk?’
‘Je vader heeft het niet zo op toeristen, schat,’ glimlachte Angela. ‘Hij...’
‘Ik moet er niet aan denken!’ zei Abel. ‘Van die Hollandse pensionado’s die me het hemd van m’n lijf vragen over de wijn, en dat ik daar dan ’s ochtends ook nog ’ns mee moet ontbijten.’ Hij deed alsof hij huiverde. ‘Non merci, deze jongen past even!’
‘Een B&B kan heel gezellig zijn, hoor,’ zei Ezra.
‘Over mijn lijk!’ riep Abel. ‘Never nooit dat we ons liefdesparadijs gaan blootstellen aan kuddes halfgare bejaarden. Non merci, madame! Mijn vrijheid is me te lief. Freedom, weetjewel!’

Met een ruk van zijn hoofd zwaaide hij zijn haar naar achteren en stortte zich op zijn gehaktbal.
Glimlachend keek Ezra hoe hij at. Toen zei ze: 'Maar pap, een B&B brengt toch geld in het laatje? En als je je wijn niet zo snel kwijt kan, haalt dat wel de druk van de ketel.'
'Die wijn raken we echt wel kwijt, schat. Morgen heb ik een afspraak bij de Lodl, dus...' Hij wierp een steelse blik om zich heen en moffelde snel de half opgegeten bal onder het bergje stamppot.
'Toch niet zo lekker, pap?' glimlachte Ezra vilein.
Hij grijnsde. 'Ja, hoor. Prima. Alleen weet ik opeens weer waarom ik ooit vegetariër ben geworden.' Hij hief zijn glas. 'Op mij! Morgen ga ik scoren! Lodl, here I come!'

***

De inkoopster van de Lodl deed Abel denken aan een bezemsteel omwikkeld met prikkeldraad. Ze gaf hem een dorre hand en met zijn laatste restje zelfvertrouwen begon hij zijn verhaal. Vreemd genoeg was het ergste aan haar niet eens haar fysiek, of liever gezegd het ontbreken daaraan. Nee, het was haar totale humorloosheid. Dat was wat op Abel werkte als zaaddodende pasta en al zijn wijnplezier in de kiem smoorde. Hij slaagde er niet in om ook maar het geringste spoortje van interesse op het droogpruimige gelaat van de inkoopster te krijgen. Gedurende zijn presentatie keek ze hem aan met de ogen van een dode vis en tikte met de achterkant van haar balpen ongeduldig op haar bureau. Vijf minuten na binnenkomst stond Abel met zijn fles in zijn hand weer buiten. Waar het zachtjes begon te regenen.

Hoofdstuk 3

Het was tien uur 's avonds, er hing nog steeds een lome warmte over het land. Na twee weken Nederland was het verrukkelijk om thuis te komen op de Mas des Anges en Abels twijfels over hun beslissing om te emigreren waren als bij toverslag verdwenen.

Abel en Angela zaten op het terras aan de achterkant van de mas. Er stond een houten bankje, een met mos begroeide waterput en een paar oude stenen drinkbakken waar bloemen in groeiden. Je kon er genieten van de avondzon en uitkijken over de wijngaarden in het lage licht, terwijl de schaduwen die de cipressen over het landschap wierpen ongemerkt langer werden.

Abel greep de fles en schonk in. Een straal robijnrode wijn fonkelde in de glazen. Ze proostten, genietend dronk hij van zijn eigen wijn. 'Ahhh... Dit is toch hartstikke lekker spul, Poekie? Zeg nou eerlijk.'

'Tuurlijk, schat. Maar ik ben heel blij dat het verkocht is.'

'Verkocht? Weggegeven zul je bedoelen.' Verongelijkt mopperde hij erachteraan: 'Twee vijfenzestig de fles...'

'Jawel, maar hoe lekker hij ook is, de officiële kwalificatie is landwijn. En zeker vergeleken met die mevrouw van de Lodl, is de prijs die de Albert Weijn ons betaalt zo gek nog niet. Bovendien is het twee euro vijfenzestig, maal zestigduizend. En het hele bedrag in één keer overgemaakt.' Ze zuchtte. 'Maar ja... Dat lijkt veel geld, maar met alle investeringen in die

peperdure wijnapparatuur is het alweer bijna op. Echt, lieve Aab, dit houden we niet lang vol.'
Hij keek naar de fles in zijn hand. De ronding, die zo perfect aanvoelde, het stijlvolle etiket met de antieke gravure van de mas, hún mas...
Zijn blik gleed van de fles naar de wijngaarden. Ver weg kwaakten de kikkers. Dat deden ze al dagenlang. Elke avond tegen zonsondergang begon er eentje te kwaken, die kreeg antwoord, een derde viel in, en nog een en nog een, en dan barstte langs de oevers van de Cèze een compleet kikkerconcert los.
Abrupt kwam hij overeind. 'Kom!' Verbaasd keek Angela op. Abel stak zijn hand naar haar uit. 'Kom, Poekie, we gaan naar het land der prinsen...'

Ze liepen over het kronkelpaadje tussen de wijngaarden naar de Cèze. Hoe dichter ze bij het water kwamen, hoe meer het gekwaak aanzwol. Bij een zandplaat hielden ze halt en gingen naast elkaar aan de oever van het riviertje zitten. Om hen heen het geluid van duizenden kikkers. Onder het licht van de sterren sloeg Abel zijn arm om Angela heen en streelde haar krullen. 'Ze zingen voor ons, Poekie,' zei hij zacht. 'Omdat we zoveel van elkaar houden. Kikkers in de paartijd, die kunnen dat voelen...'
Glimlachend streelde ze zijn hand.
Geruime tijd zaten ze stil te genieten van het indrukwekkende oergeluid en van elkaar. Toen verbrak Angela het zwijgen.
'Aab...'
'Ja?'
'We wonen nu een jaar of vier hier in de Chaude.'
'Ja...'
'Ik vroeg me af, vind jij het nu nog net zo bijzonder als in het

begin? Of ben je het misschien gewoon gaan vinden? Net zoiets als in Nederland?'

'Wat?! Integendeel! Ik vind alles hier nog steeds fantastisch. Elke dag opnieuw. Echt helemaal te gek, weetjewel. Natuurlijk, als je de mensen wat beter leert kennen, zie je dat iedereen in zijn eigen kleine bubbeltje leeft, iedereen is zijn eigen karikatuur. Jean-Claude, die lieve schurk met zijn hart van goud, Jean-Luc van de Bar du Marché, in z'n Ralph Lauren ballenkleding, buurman Zwijnekop met z'n onhandige, ruige manier van doen. Nog steeds vind ik ze superaandoenlijk. En dierbaar ook. En dat allemaal in dat malle land hier, met die ongeschreven wetten en rare gewoontes. Die trots, dat coûte que coûte vrij willen zijn.' Hij stak zijn borst vooruit en gromde met een diepe gorillastem: 'Niemand vertelt mij wat ik moet doen.'

Angela moest lachen.

'Dat dus,' ging Abel door. 'En dat dan in dit verwoestend mooie landschap. Die bossen met kromgegroeide kurkeiken waar wilde zwijnen met een trits jonkies achter zich aan naar eikels scharrelen. En weilanden met zachtbruine koeien, klingelende bellen om hun nek, schaapskuddes die vrij over de weg scharrelen en je moestuin leegvreten. De beekjes, en die besneeuwde bergtoppen in de verte.' Hij schudde zijn hoofd en verzuchtte: 'Dit heeft niets met Nederland te maken. We leven hier in een andere wereld. Een Lord of the Rings-wereld.'

'Dus jij zou hier willen blijven wonen?'

Hij fronste. 'Schat, ik ben zo gelukkig als een vogel in een boomtop. Ik wil hier nooit meer weg!'

Ze zuchtte. 'Dan moeten we iets verzinnen.'

Hij zoog op zijn wang en bromde iets onverstaanbaars. Het moment waarvan hij wist dat het zou komen. De B&B.

Hij zette zijn hakken in het zand van de rivieroever. Een even

begrijpelijke als zinloze reflex. En inderdaad, daar kwam het. 'Aab, we hebben vijf prachtige kamers, compleet ingericht, en die staan het hele jaar leeg...'
Hij legde zijn hoofd op haar schouder, voor zijn geestesoog verscheen in bloedrode Hollywoodletters de tekst: 'Ik ben de lul.'

***

De volgende ochtend na het ontbijt vertrok Abel op zijn racefiets naar het dorp. Bij het verlaten van het postkantoor liep hij burgemeester Jean-Claude tegen het lijf. Even later zaten ze met z'n tweeën op het terrasje van de Bar du Marché met de rode ijzeren tafeltjes en stoeltjes die Abel altijd zo'n heerlijk Frans gevoel gaven. Het pleintje waar ze op uitkeken was nog leeg. De jeu-de-boulespelers zaten nog bij moeder de vrouw, het petanquebaantje lag maagdelijk in de ochtendzon. Uit de met mos begroeide fontein sijpelde water, een zuchtje wind liet de blaadjes boven hun hoofd bewegen, zonnevlekken dansten over hun tafeltje.
'Dus het gaat gebeuren.' Jean-Claudes gezicht vertoonde een grijns van goedmoedig leedvermaak.
Fronsend nam Abel een slok van zijn koffie. 'Wat?'
De grijns werd nog iets vileiner. 'Je nieuwe roeping.'
'Hè? Waar heb je 't over?'
Jean-Claude kon zich niet langer inhouden. Alsof hij in een circusact het laken van het doorgezaagde meisje wegtrok, zei hij triomfantelijk: 'De B&B.'
Abels kaak zakte een meter naar beneden. 'Hoe weet JIJ dat?!'
'Ja, hallo! Wie is hier burgemeester? Angela heeft me vanochtend gebeld om een vergunning aan te vragen.'
'Zo! Die laat er geen gras over groeien!' Abel dacht aan zijn

beloftes gisteravond, aan de oever van de Cèze. Opeens kreeg hij een idee, hoopvol veerde hij op.
'Jean-Claude! Grote held! Dierbare vriend! Redder in nood! Die aanvraag...'
'Ja?'
'Die kun jij afwijzen!'
Jean-Claude schoot in de lach. 'Schurk! Zie je wel dat je een Januskop hebt?'
'Wat nou?'
'Angela vertelde me dat jullie gisteravond een zeer romantisch gesprek hebben gehad en dat jij haar, onder het licht van de sterren, hebt bezworen dat je je volledig zult inzetten voor de B&B. "Met heel mijn hart" schijn je zelfs gezegd te hebben.' Hij grinnikte. 'Is dat trouwens echt waar?'
Met een pijnlijke grimas krabde Abel in zijn haar en produceerde een reeks brommerige klanken die tot uitdrukking moesten brengen dat deze belofte ruim gezien diende te worden. Maar hij begreep ook dat het net zich onontkoombaar rond hem had gesloten.

Abel zette zijn racefiets tegen de plataan terwijl Angela opdook uit de moestuin met een mand vol tomaten.
'Ik heb Jean-Claude gebeld!' riep ze. 'We krijgen die vergunning!'
'Ja, ik hoorde zoiets...'
'Fijn, hè?'
Hij kreunde alsof iemand hem een hellebaard in zijn buik stootte. 'Ja, fijn. Tof van hem.' Zo weet je wie je vrienden zijn, wilde hij eraan toevoegen, maar hij hield zich in.
Angela zette haar mand op de grond en liep hoofdschuddend naar hem toe.
'Aab, we zitten financieel aan de grond. Het geld van de wijn-

verkoop is zo goed als op. Een B&B zou een goede oplossing zijn, daar hebben we het gisteravond uitgebreid over gehad. Maar echt, als je het niet wilt, dan doen we het niet, hoor. We moeten het allebei wil...'

'Schat, ik wil het inderdaad niet,' onderbrak hij haar. 'Maar ik doe het wél. Sterker nog: ik beloof je dat ik alles zal doen om de B&B tot een wereldwijd succes te maken.' Hij stak zijn hand in een bezwerend gebaar omhoog. 'Zo waarlijk helpe mij Bacchus almachtig.'

Ze lachte. 'Je bent een schat. Weet je zeker dat je dat trekt? Al die Hollandse pensionado's die we over de vloer gaan krijgen? Ik weet niet of jij dat wel zo leuk gaat vinden.'

'Ik? Hartstikke leuk juist! Ik ga ze in de watten leggen! Verzorgen met lekkere hapjes, naar bed brengen met een glaasje wijn en een bekertje lauw water om hun kunstgebit in te zetten. En dan ga ik een slaapliedje voor ze zingen. Jij gaat je nog verbazen!'

Lachend pakte ze de mand. 'Oké. In dat geval ga ik nu een hele lekkere lunch voor ons maken.'

'Yes! Dan kan ik nog mooi even buffelen in de wijngaard.' Hij liep de binnenplaats af en in zijn hoofd zongen The Eagles: 'Plenty of room at the Hotel California... You can check out any time you want, but you can never leave...'

Hoofdstuk 4

Er brak een periode aan van schilderen, behangen en klussen in de ruimste zin des woords. Een situatie die niet meeviel met iemand als Abel die nog geen spijker in de muur kon slaan. Na twee weken zonder enige zichtbare vooruitgang, waarin het in de Mas des Anges een steeds grotere puinzooi werd, vloog het Angela naar de keel.

'Aab!' galmde haar noodkreet door de gang.

'Hier!' klonk het een paar kamers verderop.

Abel stond tot zijn enkels in de stroken afgescheurd behang. In opperste concentratie rekte hij zich uit om een nieuwe reep van de muur te trekken.

Verbaasd bleef Angela in de deuropening staan. 'Wat ben je aan het doen!?'

'Ik wil het stucwerk eraf bikken,' zei hij over zijn schouder. 'Dan komen die mooie oude stenen tevoorschijn, maar moet je kijken!' Hij hield een flard schimmelig papier omhoog met afbeeldingen van kaboutertjes en springende hertjes. 'Wat een supergaaf sixties behang! Dat wordt niet meer gemaakt. Zonde om weg te gooien.'

'En daar ben je al de hele ochtend mee bezig?'

Verbaasd draaide hij zich om. 'Ja?'

Als het een cartoon was geweest, zou er nu een zwart donderwolkje boven Angela's hoofd zijn verschenen.

'Aab, in godsnaam! Dat schiet toch voor geen meter op zo? Ik word hier gek van! Die troep overal! Het hele huis vol open-

gescheurde zakken gips en cement, stof, zaagsel en half afgemaakte dingen.'
Hij nam haar in zijn armen. 'Ach, schatje. Daar moet je met andere ogen naar kijken. Verbouwen is leuk! Zagen, timmeren, muren metselen, bezig zijn! Werken aan een nieuwe toekomst! Je zal nog met weemoed terugdenken aan deze periode, je zal het gaan missen!'
'Missen als kiespijn, ja. Zie je dan niet dat we geen stap verder komen? Maak nou 'ns een keer een plán, man!'
'Nou, ik vind het best goed gaan. Ik heb alleen zo mijn eigen manier van werken.'
Angela bewees weer eens wat echte liefde is, door geen bal in dit open doel te schieten en volstond met een vragende glimlach.
'Ik heb gemerkt,' zei Abel, 'dat ik hou van fouten maken.'
'Oei! Dat klinkt niet als de beste strategie als je gaat verbouwen. Hoe bedoel je dat?'
'Als iemand me vertelt hoe ik iets moet doen, gooi ik onbewust m'n kont tegen de krib. Mijn aandacht verslapt en ik krijg een soort ik-zie-wel-gevoel. Ik knik braaf ja en amen, maar uiteindelijk ga ik het zelf proberen, op m'n eigen manier. Zonder handleiding, en met niemand die me vertelt wat ik moet doen.'
Hij grinnikte. 'Meestal gaat het dan mis, maar dan doe ik het opnieuw en zonodig nog een keer. Maar als de rook optrekt ligt er opeens iets wat ik zelf bij elkaar heb geklootviool. En daar krijg ik dan een grote smile van op m'n snuit.'
Angela schudde vermoeid haar hoofd. 'Dat gun ik je van harte, lieverd, maar daar hebben we nu toch geen tijd voor? Over een paar weken begint het toeristenseizoen en we zijn nog nergens! We hebben hulp nodig, Aab. Please, vraag nou 'ns in het dorp naar een goede klusjesman!'

***

Pierre was niet groot van stuk, maar breed en beresterk, met dikke, gespierde biceps waarvan de aderen dicht onder de huid lagen. Hij had sluik blond haar dat voor zijn gezicht viel in een lok die hij vele malen per dag met een ruk van zijn hoofd naar achteren wierp. Een studiebol kon je hem niet noemen, maar slim was hij zeker. Soms, als hij iets niet begreep, staarde hij je aan met een blik, zo uitdrukkingsloos, alsof er totale leegte heerste achter die ijsblauwe ogen. Maar het volgende moment kreeg je alweer een joviale lach van hem, waarbij het licht fonkelde op zijn gouden tand. Bij de mensen in Soissant-sur-Cêze was hij graag gezien, want hij was 'un mouton à cinq pattes', een schaap met vijf poten: metselen, timmeren, tegelzetten, loodgieteren, Pierre kon het allemaal.
Zijn opgewekte manier van doen sprak Abel aan. Hij meende iets van hemzelf in hem te herkennen. Ongebonden, wars van de gevestigde orde, scheren langs de grenzen van het toegestane. Of, zoals hij het tegen Angela verwoordde: 'Hij is net als ik een vrije vogel, weetjewel.'

Vanaf het moment dat Pierre voet zette in de mas werd alles anders. Opeens bleek dat je een verbouwing ook gestructureerd kon doen. Elke kamer kreeg een eigen douche, een toilet, leidingen werden doorgetrokken, slaapkamermuren schoongebikt en eeuwenoude stenen gerestaureerd.
Pierre werkte snel, goed en netjes. Bovendien leek hij zich thuis te voelen bij die twee vreemde Hollandais. Elke ochtend klokslag zeven parkeerde hij zijn Harley Davidson naast de wijnkelder en na een snelle kop koffie ging hij samen met Abel aan de slag.
In het weekend kluste Abel in zijn eentje door, al verliep dat niet altijd even succesvol. Zo vroeg Angela hem om een rommel-

marktschilderij op te hangen in een van de gastenkamers. Gewapend met hamer, spijker en schilderij toog Abel naar de kamer die zij 'Grenache' hadden genoemd. Omdat het een strandtafereeltje betrof, leek de badkamer hem een toepasselijke locatie. Hij koos een plek op ooghoogte, hief zijn hamer en sloeg met een ferme klap een spijker in de muur. Meteen klonk er een scherp gesis en spoot een wolk gas recht in zijn gezicht. Vloekend sprong hij achteruit. Met de hamer in zijn hand rende hij naar beneden.

'Poekie! Waar zit de gaskraan?'

Met twee stappen was Angela bij de meterkast en draaide de kraan dicht. Ze pakte haar telefoon, toetste een nummer en riep grinnikend naar Abel: 'Pieeeeeerre!'

Pierre stond dag en nacht voor ze klaar en in zekere zin kreeg Abel gelijk: de verbouwing werd inderdaad een plezierige tijd. Zowel Abel als Angela vonden het gezellig, die dagelijkse routine met een echte Fransman, hun steun en toeverlaat: samen koffie drinken, lachen om de laatste roddels uit het dorp en aan het einde van de dag even nazitten met een glaasje wijn. Binnen de kortste keren werd Pierre een huisvriend en kreeg hij een eigen sleutel.

***

Op het moment dat de zon haar hoogste punt bereikte, fietste Angela op haar uit Nederland meegenomen omafiets terug van de markt in Soissant-sur-Cêze. Het verlaten kronkelweggetje voerde langs paarsbloeiende velden en de lucht onder de blauwe hemel was doortrokken van lavendelgeur. Ze stak haar neus in de wind en snoof de lucht op. Hmmm… Ik geloof niet, dacht ze terwijl ze zich een heuvel af liet roetsjen, dat ik ooit zo compleet gelukkig ben geweest…

Bij de mas zette ze haar fiets tegen de muur en droeg de volle boodschappentas naar binnen, tilde hem op het aanrecht en begon met uitpakken. Achter haar kwam iemand de trap af.

'Bonjour, Ange.'

'Ha, Pierre, bonjour!'

'Het is warm, daarboven.' Hij trok de ijskast open en pakte een flesje bier. 'Jij ook?'

'Nee, merci,' lachte ze. 'Ik wacht nog even.'

'Oké.' Met de opener aan zijn sleutelbos wipte hij de dop eraf, ging aan de keukentafel zitten en nam een slok. 'Ahhh, lekker,' verzuchtte hij.

'Is Abel er niet?' vroeg Angela zonder om te kijken.

'Die is nog boven. Hij zal zo wel komen. We zijn klaar.'

Verrast draaide ze zich om. 'Nee, echt?'

'Helemaal.'

'Wat goed! Perfecte timing!'

Hij glimlachte.

Abel kwam de trap af. 'We hebben het 'm gelapt, Poekie!' riep hij trots. 'Vijf kamers! Klaar voor gebruik. Goed hè?'

'Ook een biertje, Abèl?' vroeg Pierre.

'Nee, merci. Maar santé, makker! We hebben een topprestatie geleverd. Merci beaucoup. Trouwens, is dit niet een goed moment om de rekening 'ns op te maken? Heb je je uren een beetje bijgehouden?'

Pierre gooide met een ruk zijn haar opzij en keek hem zonder met zijn ogen te knipperen aan.

Hoofdstuk 5

'Bij dezen...' Jean-Claude trok de blauw-wit-rode burgemeesterssjerp nog wat strakker over zijn buik, '...verklaar ik de B&B Mas des Anges officieel voor geopend!'

Met een trefzekere slag van zijn sabel sloeg hij de kurk van een fles champagne. Een straal wit schuim spoot over de binnenplaats, met uitgestoken glazen drongen de gasten naar voren. Lara en Ezra, overgekomen uit Amsterdam, omhelsden hun vader.

'Gefeliciteerd, pap,' Ezra kuste Abel op zijn wang en tikte haar glas tegen het zijne. 'Supergoed dat jullie het toch hebben gedaan.'

'Ja!' zei Lara. 'Ik weet hoe vreselijk je het vindt, die toeristen. Maar heb je er nu misschien toch een klein beetje zin in?'

Abel lachte en sloeg zijn armen om zijn dochters heen. 'Tuurlijk! Als jullie er zijn, vind ik álles leuk! Ik hoop dat ik het trek, jullie straks zo lang niet zien.'

'Ach, pap, het is een stage van drie maanden. En we kunnen toch facetimen? En als we terugkomen hebben we allebei heel lekker leren koken.'

'Haha, lekker koken, in Australië? Ik...'

Buurman Boudin mepte Abel joviaal op de schouder.

'Bravo, mon pote!' gromde hij. Van een afstand leek hij op een hamster die met volle wangzakken tegen een brandkast was aangelopen, maar van dichtbij had hij meer weg van een wrattenzwijn dat wordt gestoord tijdens het voederen. Om die

reden had Abel hem na hun eerste ontmoeting goedmoedig 'Zwijnekop' gedoopt en dat was daarna nooit meer veranderd.
'Felicitations! Bravo!' riep buurman Klootschieter, die hij zo had genoemd omdat hij Abel bij hun eerste kennismaking had gedreigd 'zijn kloten van zijn reet te schieten'.
'Merci, merci,' bedankte Abel.
De burgemeester voegde zich bij hen. 'Gefeliciteerd, Abèl. Het is erg mooi geworden.'
'Merci, Jean-Claude! Ja, Pierre is echt een schaap met vijf poten. Hij heeft fantastisch werk geleverd.'
'Jazeker, maarre...' Hij boog zich vertrouwelijk naar Abel. 'Dat wou ik je nog zeggen: ik zou niet al te amicaal met hem worden.'
'Met Pierre niet? Hoezo?'
'Het is een goeie jongen, maar hij zit een beetje raar in elkaar.'
'O? Wat dan?'
'Ach, een hoop gelazer in zijn jeugd. Vader weggelopen toen hij twee was, opgevoed door zijn moeder. Die was depressief, veel drinken. Opgenomen. Ik heb veel problemen met hem gehad. Maar sinds hij werkt, gaat 't beter. Ik krijg geen klachten meer over hem.'
'Nou, ons heeft hij in elk geval fantastisch goed geholpen. Ik ben blij met hem. We zijn echt bevriend geraakt.'
Grijnzend schudde Jean-Claude zijn hoofd. 'Wees dan maar extra voorzichtig. Je weet wat we hier in de Chaude zeggen: "Vertrouw je vijanden en wantrouw je vrienden..."'
Angela, in een nauwsluitende klaproosrode jurk met witte nopjes, maakte zich los van een groepje dorpelingen. Ze straalde en had blosjes op haar wangen van opwinding. Uitgelaten wenkte ze met haar champagneglas.
'Kom! We gaan de kamers bekijken! Gaan jullie mee?'
De sliert feestgangers dromde achter haar aan de trap op.

***

De maandagochtend na de feestelijke opening zaten Abel en Angela weer alleen met z'n tweetjes aan de ontbijttafel. Boven hun hoofd wachtten vijf volledig ingerichte kamers op gasten. De bedden waren fris opgemaakt, de antieke meubeltjes in de was gezet, de leukste rommelmarktschilderijtjes opgehangen en als finishing touch had Angela op elk hoofdkussen een met een lintje samengebonden bosje lavendel gelegd.
Met een lichte opwinding klapte Angela haar laptop open. 'Even kijken of we al boekingen hebben!'
Abel staarde uit het raam. Vanuit het noordoosten kwamen dikke loodgrijze wolken aanzetten. Zwaluwen scheerden laag over het land, een windvlaag blies bladeren over de binnenplaats. Een bliksemflits zette het landschap even in een vreemd wit licht, waarna een onheilspellend gerommel volgde. Vervuld van sombere gedachten slaakte hij een zucht die uit zijn sandalen leek te komen.
Angela klikte op www.masdesanges.nl. De site zag eruit om door een ringetje te halen. Abel had sfeervolle foto's gemaakt van Angela's superontbijtjes, van de gastenkamers en van Provençaalse lavendelvelden in de avondzon. Boekingen waren er helaas nog niet binnengekomen. Ook in de dagen die volgden, bleef het vakje 'Reserveringen' verontrustend leeg.
Gaandeweg ontstond er een vast patroon: na het ontbijt vertrok Abel naar de wijngaard en klapte Angela hoopvol haar laptop open om de site te inspecteren. Maar de boekingen bleven uit. Soms betrapte ze zichzelf erop dat ze gebiologeerd naar de knipperende cursor op de welkomstpagina zat te staren, minutenlang, als een hengelaar naar zijn dobber.
Op de zevende dag, juist toen ze van tafel was opgestaan om dan maar weer een cappuccino voor zichzelf te maken, pingde er een berichtje binnen.

***

‘Voilà!’

Trots opende Angela de deur van haar mooiste gastenkamer. De man naast haar had zich voorgesteld als Jan-Berend en zat, om in slagerstermen te spreken, ‘goed in zijn vlees.’ Hij droeg een zuurstokroze overhemd en een ruimvallende korte broek waar twee dikke blote benen uitstaken. Over zijn schouders hing, losjes geknoopt, een paarse pullover. Fronsend keek hij de smaakvol ingerichte ruimte in.

‘Heeft u nog andere kamers?’

‘Jawel,’ zei Angela verbaasd. ‘Maar dit is onze mooiste kamer. Grenache, naar de druiven waar we onze wijn van maken. Is hij niet naar uw smaak?’

‘Op uw site zag het er een stuk groter uit.’ Hij knikte naar de stenen muur. ‘Dat lijkt me nogal vochtig?’

Zijn vrouw drong langs hem heen. Ze was gekleed in een de van de ergste gesels waarmee God de mensheid heeft geslagen: de broekrok. Daarboven droeg ze een kotskleurige blouse en een parelketting. Intensief zonnebankgebruik had haar gezichtshuid gelooid tot iets wat leek op de leersoort waarmee Engelse schemerlampkappen worden bekleed. Met de rukkerige bewegingen van een kip die haar kop in het leghok steekt, spiedde ze van links naar rechts en nam misprijzend het interieur op.

‘Is deze kamer schoongemaakt?’

‘Natuurlijk!’

‘Hm, ik vind ’m anders wel klein.’

‘Ik ben bang dat ik u zo snel geen grotere kamer kan aanbieden.’

De vrouw keek nog een keer rond en zei toen: ‘Nou, wat doen we, Beer?’

De man wierp een blik op het Breitling-horloge aan zijn pols, ter grootte van een kerkklok, en zei fronsend: ‘Het is al over achten. Ik heb geen zin meer om nu nog een paar uur rond te gaan rijden...'

***

Geconcentreerd stond Angela twee cappuccino's te maken toen Abel grinnikend de keuken in kwam.
'Heb je die vrouw gezien? Net een kip!'
'Sssst!' Geschrokken draaide ze zich om. 'Zometeen horen ze je nog!'
Maar Jan-Berend en zijn vrouw, tegenover elkaar aan de tafel onder de pergola, waren allebei verdiept in hun telefoon en keken niet op of om.
'Echt!' grinnikte Abel. 'Dat dunne nekje met die parelketting! En die neus! Net een snavel!'
'Aab! Kappen nu! Hier.' Ze duwde hem het blad met de cappuccino's in zijn handen. 'Breng jij de koffie. En vraag hoe ze hun eitjes willen. En Aab,' voegde ze er waarschuwend aan toe, 'geen flauwe grappen, hè! Please?'
Abel was al halverwege de deur. 'Natuurlijk niet, Poekie.'
Hij trok zijn gezicht in de plooi en liep naar buiten.
'Voilà, messieurs, dames!' Met een joyeus gebaar zette hij de koffie op tafel. 'Twee cappuccino's zoals je die nergens in Frankrijk vindt.' Trots wachtte hij op een reactie. Toen die uitbleef, vroeg hij: 'Wilt u een eitje?' En hij hoorde zichzelf eraan toevoegen: 'Of wil mevrouw die liever zelf leggen?' Van schrik kreeg hij de slappe lach.
De vrouw deinsde verontwaardigd achteruit. Jan-Berend keek op van zijn telefoon. 'Wat is dit voor ongein?'
Proestend maakte Abel zich uit de voeten. 'Sorry!' wist hij nog net uit te brengen. 'Grapje.'

In de keuken herhaalde hij zijn grap tegen Angela. Die stootte een pijnlijk gekreun uit. 'Neee... Heb je dat echt gezegd?'
Abel kreeg zichzelf weer onder controle en grinnikte: 'Ach lieverd, een geintje. Moet kunnen, toch?'
'Nee Aab, natuurlijk kan dat niet.' Ze droogde haar handen af en liep naar buiten.

'Opgelost,' zei ze toen ze terugkwam. 'Ze zijn weer blij.' Ze zette een pannetje water op. 'Ik maak de eitjes, jij brengt vast de rest. En geen grappen meer, Aab. Beloof je dat?'
'Schatje toch!' Quasi-verontwaardigd pakte hij het blad met de jus d'orange en twee schaaltjes yoghurt. 'Waar zie je me voor aan. Ik ga die twee telefoonslaven intens happy maken.'
Terug bij de pergola maakte hij een lakei-achtige buiging en plaatste het blad tussen het echtpaar in.
'Voilà! Versgeperste jus d'orange en heerlijke boerenyoghurt.'
Tijdens zijn elegante reverence kon hij niet voorkomen dat een deel van zijn lange haar bijna door de yoghurt slierde.
In afkeer schoot de vrouw achteruit. 'Die hoef ik dus niet meer!'

***

Abel en Angela zaten onder de pergola op de stoelen die hun gasten zojuist verontwaardigd hadden verlaten.
'Aab, lieve schat,' zei Angela. 'Ik weet dat je dit niet expres doet, maar kun je nou niet een klein beetje uitkijken met wat je zegt?'
'Ik zei niks!'
'Nou, ze zijn niet voor niks woedend vertrokken. Kun je nou niet proberen om wat klantvriendelijker te zijn?'
'Ik doe m'n best.'
'Nee, dat doe je niet. Dit is niet je best. Ik weet wanneer je je

best doet. En dat is niet dit.'

Berouwvol liet hij zijn hoofd hangen. 'Is goed. Dit was mijn debuut als B&B-gastheer. Het is nog even wennen, maar ik beloof dat ik vanaf nu m'n echte allerbeste best van stal zal halen.'

Ze glimlachte. 'Nou, dank je wel. Voorlopig ben je off the hook, want dit waren onze eerste gasten en ook de laatste. We hebben geen nieuwe boekingen.' Mismoedig roerde ze in haar koffie. 'Maar ja, het barst ook van de concurrentie. Ik heb gisteravond een beetje gegoogeld en hier in Zuid-Frankrijk is van alles te huur. Van simpele boeren-gîtes, tot chique appartementen met eigen zwembad compleet met kinderoppas. Wij hebben eigenlijk niets extra's te bieden...'

'Wát!' Abel schoot overeind. 'Niks extra's? We hebben juist iets heel bijzonders! Dit is een wijndomein! We maken hier de lekkerste wijn van Zuid-Frankrijk!'

Ze slaakte een moedeloze zucht. 'Tja...'

'Weet je wat we gaan doen, Poekie? Wijnproeverijen! Ik ga wijnproeverijen geven! Voor de toeristen! Dat vinden ze helemaal te gek, weetjewel! In de wijnkelder! Met mij, een echte wijnboer!'

Peinzend keek Angela in zijn kastanjebruine ogen. Hij meende het. Zoveel was wel zeker. Ze kreeg een visioen van alle rampspoed die een dergelijk plan vrijwel zeker met zich mee zou brengen, tegelijkertijd was daar de stapel onbetaalde rekeningen op haar bureautje, die elke dag groter werd.

Hoofdstuk 6

'We komen voor de wijnproeverij.'
De man en de vrouw die voor de deur stonden, hadden hun Kia Picanto keurig naast het hek geparkeerd en beleefd aangebeld. Ze droegen allebei dezelfde kleurloze ANWB-kleding; een stijl die wordt omschreven als 'Jut en Jul'.
'Ah,' zei Abel verbouwereerd. 'De wijnproeverij, ja, nee, natuurlijk.' Met lichte wanhoop keek hij om zich heen, maar Angela was naar het dorp, hij stond er alleen voor.
'Ja,' zei de man. 'Dat staat op uw site. Wijnproeverij. Dat is toch hier?'
Zijn vrouw maakte een soort piepgeluidje. Ze had futloos peenhaar waaronder een spits gezicht dat Abel deed denken aan een vos. Benauwd keek ze om zich heen. 'Heeft u een hond?' piepte ze.
'Nee,' zei Abel verbaasd. 'Hoezo?'
'Mijn vrouw is bang voor honden,' verklaarde de man. 'Hoe laat begint de proeverij?'
'Heeft u dan een kamer geboekt?' pareerde Abel deze vraag. 'De wijnproeverij is alleen mogelijk in combinatie met een verblijf in de B&B.'
'Dat stond er niet bij,' protesteerde de man. 'Hier, kijk maar!' Hij haalde een opgevouwen print uit zijn borstzak.
Abel keek. Shit. Het stond er inderdaad niet. Vergeten. Koortsachtig dacht hij na. Om het een beetje rendabel te krijgen had hij zich de wijnproeverijen voorgesteld met groepen van

minstens tien personen en om nu alleen voor deze twee droeftoeters de hele boel overhoop te halen...
'Nou ja,' streek hij zijn hand over zijn hart. 'Kom dan maar mee. Dan laat ik u een paar lekkere glaasjes wijn proeven.' Vervuld van zijn eigen menslievendheid ging hij ze voor.

In de wijnkelder, omgeven door de barriques en de geur van wijn en eikenhout, kreeg Abel er zin in. Hij liet zijn gasten uit het vat proeven, ontkurkte zijn mooiste flessen en vertelde vol vuur over de wonderen van het biologische wijnmaakproces.
'Nou,' zei de man toen Abel hen twee uur later weer naar buiten begeleidde, 'dat was heel interessant. Dank u wel, hoor.' Met knipperende ogen tegen het daglicht zetten ze koers naar hun auto.
'Tot ziens!' riep Abel hen enigszins beduusd na. 'Maarre, wilt u niet wat wijn kopen? Voor thuis?'
Onder het lopen schudde de vrouw pinnig haar peenhaar, maar de man bleef staan. 'Eigenlijk best een leuk idee. Ja, doet u maar een half flesje.'

***

'Olijfolievlek schrobben met water en groene zeep,' las Angela van haar telefoon. Ze hurkte voor het gootsteenkastje en rommelde tussen de potjes en de plastic flessen. Warempel! Groene zeep!
Ze trok haar jurk uit en smeerde een lik zeep op de vlek. 'Spoel het kledingstuk met heet water uit en breng enkele druppels afwasmiddel aan op de vlek.'
In haar ondergoed stond ze de vlek weg te schrobben toen achter haar de deur openging.

'Bonjour, Ange. Alles goed?'
Geschrokken klemde ze haar jurk tegen haar borst. 'O, Pierre, Bonjour! Eh, ja, nee, alles goed.' Haar lichaam bedekkend drukte zich tegen de muur.
'Zo, hè, hè...' Hij liep achter haar langs naar het koffieapparaat. 'Even een koffietje.' Hij pakte een kopje en zette het eronder. 'Jij ook?'
Snel stapte ze in haar jurk en trok hem aan. 'Eh, nee dank je.'
'Abèl niet thuis?'
'Jawel, die is in de wijngaard.'
Met zijn koffie ging Pierre wijdbeens aan de keukentafel zitten. 'Zo. Lekker. Alles goed verder met jou?'
Angela liep gehaast naar de trap. 'Ja, hoor, maar ik ben boven bezig. Ik moet weer door...'

***

Rond lunchtijd was het zelfs in de schaduw onder de pergola warm. Een briesje voerde de harsige geur mee van de parasoldennen rond de mas.
Angela, tegenover Abel aan de oude tafel, prikte lusteloos in haar salade Niçoise.
'Sorry, Aab, Pierre is een schat van een man, maar ik zou het fijn vinden als je de sleutel terugvroeg.'
Verrast keek hij op. 'Hè? Waarom?'
'Omdat hij te pas en te onpas binnenkomt. Ik vind dat niet prettig.'
'Maar lieverd, denk eens aan alles wat hij voor ons heeft gedaan. En een eigen sleutel is toch handig? Als er wat kapot is, kan hij er meteen in.'
'Ja, dat kan wel zijn, maar ik voel me gewoon niet meer vrij in

m'n eigen huis. En hij kan je soms zo vreemd aankijken… Ik weet niet…'

'Ik vind het juist gaaf, zo'n authentieke Chaude-bewoner over de vloer. Een buitenmens, net als ik. We zijn van dezelfde bloedgroep.'

'Aab, dit gaat me gewoon te ver. Ik vind dat hij misbruik maakt van onze gastvrijheid. Zie je dat dan niet?'

Abel maakte wegwuivend gebaar. 'Welnee, Pierre voelt zich gewoon thuis bij ons. Vrije vogels onder elkaar, weetjewel?'

***

Zeven dagen en zeven nachten verstreken zonder dat zich in de B&B Mas des Anges ook maar één enkele gast aandiende. Of nee, op een ochtend meldde zich een zelfvoldane jongeman die voortdurend in allerlei houdingen foto's van zichzelf maakte. In ruil voor een gratis overnachting plus ontbijt was hij genegen de Mas des Anges een positieve recensie te geven op zijn Instagram-account. Maar ondanks dat hij naar eigen zeggen bijna duizend volgers had, sloeg Angela zijn aanbod vriendelijk doch beslist af. Dan maar liever helemaal geen gasten.

Twee dagen later kwam er via haar eigen site een heuse reservering binnen.

'Dick Dommelshuizen, subsidioloog,' las Angela voor van haar laptop. 'Ze hebben twee nachten geboekt. Leuk eigenlijk hè, Aab? Nooit bij stilgestaan, maar naast een extra inkomstenbron, is een B&B ook een leuke manier om allerlei interessante mensen te leren kennen!'

Abel onderdrukte de neiging om het gekreun van een walvis in barensnood na te doen. In plaats daarvan maakte hij brommende geluiden waarmee hij enthousiasme poogde uit te drukken. Maar hij slaagde er niet in de druipende ironie er volledig uit te bannen.

De nieuwe gasten arriveerden tegen het vallen van de avond. Nadat Angela hen de kamer had laten zien en ze zich hadden geïnstalleerd, kwamen ze naar beneden om kennis te maken met de heer des huizes.
Dick Dommelshuizen was, zoals hij het zelf omschreef, 'een gezelligheidsdier'. Hij had een rood gezicht en het postuur van een iets te vol wijnvat. Zijn vrouw was eveneens nogal fors uitgevallen. Haar geblondeerde piekhaar was grijs uitgegroeid, ze droeg een luchtige zogeheten aurajurk en gezondheidssandalen met dikke spekzolen waar grote blote voeten met gele kalknagels uitpuilden.
'Ja,' zei Dick, 'Elsbeth en ik zijn allebei echte levensgenieters.' Hij klopte op zijn omvangrijke buik. 'Dus Frankrijk is spekkie voor ons bekkie! Goede wijn, lekkere kaasjes, foie gras...'
Abel, die al vijfentwintig jaar vegetariër was, veranderde snel van onderwerp. 'Juist. Zullen we dan morgen een wijnproeverij doen? Om een uurtje of elf?'
'Prima,' glunderde Dick. 'Voor mij zit er altijd wel een vijf in de klok, hahaha.'

Angela had ervoor gekozen Abel veiligheidshalve niet bij de ontbijtservice te betrekken en deed de bediening van haar gasten dit keer zelf. Met allerlei lekkers draafde ze heen en weer tussen de keuken en de binnenplaats, toen Abel de hoek om kwam.
'Kijk!' riep hij naar de ontbijtende gasten en hield iets onduidelijks omhoog. 'De smaakmakers van de wijngaard!'
Dick was geconcentreerd bezig twee plakken kaas tussen zijn

croissant met ham te proppen en voltooide deze krachttoer alvorens op te kijken. Pas nadat hij een hap had genomen die zijn wangen deed bollen, vroeg hij met volle mond: 'Wat is dat dan?'
Elsbeth leegde een eetlepel aardbeienjam op haar croissant en keek op. 'Ach, veldbloemen...' zei ze onder het uitsmeren. 'Prachtig.'
'Ja,' zei Abel trots. 'Dit groeit allemaal tussen de druivenstokken. Wilde knoflook, goudsbloemen, die blauwe dat is cichorei, en hier deze dat is, dat weet ik even niet, een soort reuzenfluitenkruid...' Hij duwde het boeket onder haar neus. 'Hier, ruik maar 'ns. Als u zich straks bij de wijnproeverij goed concentreert, proeft u al deze aroma's terug in de wijn.'
'Over die wijn,' zei Dick. 'Er schijnt vandaag een leuk marktje te zijn in het dorp. Kan dat wijnproeven ook daarna?'
'Tuurlijk, pas de problème! Dan zie ik jullie als jullie terug zijn.'

Nog geen twee uur later kwam Dick in zijn Mercedes Estate de binnenplaats op scheuren. Met gierende banden stopte hij voor de keukendeur en sprong naar buiten. Zijn hoofd nog roder dan eerst, maar dat was nog niets vergeleken bij zijn vrouw. Voorzichtig had ze het portier geopend en schuifelde verdwaasd steun zoekend naar buiten. Ze zag eruit alsof ze een wedstrijd tegen Mike Tyson had gebokst. Haar lippen waren paars opgezwollen en haar voorhoofd werd bedekt door een half doorzichtige paarse blaar ter grootte van een biefstuk, die doorliep tot onder haar kapsel.
'Djiezus!' fluisterde Abel. 'Wat is er gebeurd?'
'Jouw schuld!' brieste Dick. 'Die veldbloemen van je! Dat was berenklauw! Hartstikke gevaarlijk! We komen net van het ziekenhuis! Ik stel jullie aansprakelijk!' Hij stormde de trap op,

kwam terug met hun koffers en smeet ze achterin. 'Ik betaal geen cent! Jij gaat nog van ons horen, mannetje! Kom, Els! Weg uit dit gekkenhuis!'

Abel zat aan de keukentafel, zijn hoofd in zijn handen, zijn haar hing langs zijn gezicht naar beneden.
'Hier kon ik toch echt niks aan doen, Poekie.'
Angela legde het mes waarmee ze artisjokken aan het snijden was neer en schoof naast hem. 'Nee?'
Zonder op te kijken schudde hij zijn hoofd. 'Nee, ik had alleen die bloemen niet onder haar neus moeten duwen. Dat was ontzettend stom.'
'Ja, dat klopt. Maar je bent niet dom, Aab.' Ze glimlachte. 'Je bent hooguit, hoe zal ik het zeggen, nogal "zorgintensief"? En je risicotolerantiegrens ligt een paar kilometer hoger dan de mijne.'

Hoofdstuk 7

Uitersten zoeken elkaar op, dat werd weer eens bewezen door het echtpaar dat Abel op de binnenplaats tegemoetkwam.
De man was klein en dik en zijn bolle ronde hoofd was glimmend kaal. Hij droeg geen snor of baard, maar had zware wenkbrauwen, wollig als de wintervacht van een ezel. Daaronder keken twee kastanjebruine ogen trouwhartig de wereld in.
Zijn vrouw was lang en mager, haar platinagrijs geverfde haar geknipt in een soort playmobilkapsel, wat de indruk van een wandelende ijspegel nog versterkte. Ze had bleekblauwe vissenogen en een constante ontevreden uitdrukking, die in de plooien van haar gezicht zat vastgegroeid. Onmiskenbaar iemand die alles en iedereen wantrouwde. Abel werd overvallen door de vreeswekkende gedachte dat hij in een verlaten ziekenhuis lag, met haar als enige verpleegster.
'Goedemiddag,' groette ze met een kakkineuze aardappel in haar keel. 'We hebben een kamer gereserveerd. Via uw site. Ik ben mevrouw Schimmelpenninck, uit Den Haag.'
'Ah,' zei Abel. 'Dan roep ik even mijn vrouw.' IJlings maakte hij zich uit de voeten.
'Nieuwe gasten, Poekie!' riep hij toen hij de keuken in kwam.
Angela sloot haar laptop en liep naar buiten.
Abel greep zijn snoeischaar van tafel. 'Ik ben in de wijngaard!'
Zo snel als dat onopvallend kon, sloeg hij de hoek om naar de veilige rust van de wijnstokken.
'Hartelijk welkom in de Mas des Anges,' begroette Angela de

nieuwkomers. 'Fijn dat jullie er zijn. Goede reis gehad?'
'Prima, dank u,' zei de vrouw afgemeten. 'Maar even over de kamerprijs. Die vond ik nogal aan de hoge kant. Ik neem aan dat daar wel een mouw aan te passen valt? We hebben tenslotte twee volle dagen geboekt.'
'Nou nee,' zei Angela verrast. 'Tachtig euro per nacht is toch niet te veel? Zal ik u de kamer anders eerst even laten zien?'

'Vooruit dan maar,' zei de vrouw toen ze de trap weer afliepen. 'Ondanks dat u zo klantonvriendelijk bent om niets van uw prijs af te doen. Wat ik overigens toch heel vreemd blijf vinden, maar goed, we nemen de kamer dan maar.' Ze draaide zich om naar haar man. 'Pak jij even de koffers, Henry.'
Henry met de hondenogen knikte gedienstig en hobbelde op een drafje naar de auto.
'Heeft u ligstoelen?' wendde de vrouw zich tot Angela. 'Dan kunnen we nog even van de zon genieten.'
'Ja hoor, geen probleem. Ik zal ze zo even neerzetten.'
'Dank u.' De vrouw wees naar buiten. 'Zet u ze daar maar neer, tussen de moestuin en die plataan, dat lijkt me een mooi rustig plekje.'

***

Na een uurtje snoeien in de wijngaard merkte Abel dat hij de kruiwagen was vergeten. Met tegenzin toog hij terug naar de mas. Voorzichtig gluurde hij om de hoek en zag de twee nieuwkomers languit in hun strandstoelen liggen. Met steelse passen stak hij de binnenplaats over, waarbij hij ervoor zorgde dicht langs de muur te blijven.
'Meneer!!' De vrouw had zich opgericht en maakte gebiedende gebaren naar hem.

'Merde!' vloekte Abel. Hij had om moeten lopen, nu was het te laat. Kon hij Angela roepen? Nee, dat ging te ver. Hij wijzigde zijn koers en liep met lood in zijn schoenen naar de twee in de stoelen. 'Ja?'
'Het is hier veel te warm.' Ze keek hem beschuldigend aan, alsof ze verwachtte dat Abel zich zou excuseren en aan een knopje zou draaien zodat de zon minder fel zou gaan schijnen.
'Te warm?'
'Ja. Het is hier veel te warm. Kijk, mijn man zweet helemaal.'
Abel keek. Haar man lag in zijn ligstoel als een dikke bleke vis in een Hawai-zwembroek. Zweet glinsterde op zijn melkwitte huid. Hij richtte zich met enige moeite op en glimlachte verontschuldigend. 'Ja, best wel warm hier.'
'Ja, maar,' stamelde Abel, 'dit is Zuid-Frankrijk! En het is augustus!'
Angela zag vanuit de keuken dat er iets gaande was dat zij niet aan haar echtgenoot moest overlaten. Ze gooide haar theedoek opzij en snelde naar de plaats des onheils.
'Kan ik u helpen?'
'Het is hier veel te warm,' zei de vrouw beslist. 'Dit is niet te harden.'
'O, maar dan zetten we de stoelen toch onder de boom, dan...'
'Ja, lekker wel,' onderbrak de vrouw haar. 'Dan liggen we in de schaduw!'
Angela sloot even haar ogen. Kalm blijven. Zen...
Ze draaide zich om. 'Abel, haal jij even een parasol, dan kan mevrouw zelf kiezen of ze in de schaduw of in de zon wil liggen.'
'Ho! Wacht even,' kwam de vrouw tussenbeide. 'Brengt u dan ook meteen een ventilator ofzo. Een beetje verkoeling kan geen kwaad, dunkt me.'

Angela fronste in onbegrip. 'Een ventilator? Buíten?'
'Ja! Wat wilt u dan?' bitste de vrouw. 'Moeten we soms binnen gaan zitten met dat mooie weer!'
Abel, die de conversatie met stijgende verbazing had aangehoord, liep naar de schuur. In zijn hoofd speelden zich scenes af waarin heksen verbranden, tong uitrukken en radbraken elkaar afwisselden.

De volgende ochtend kwamen Abel en Angela om zeven uur de trap naar de keuken af. In het voorbijgaan wierp Abel een slaperige blik uit het raam. Als door een wesp gestoken bleef hij staan.
'Djiezus-fucking-christ...' Verbijsterd wees hij naar buiten. 'Kijk nou!'
Op elk van de twee lege ligstoelen onder de boom was een keurig opgevouwen witte handdoek gelegd.
Angela schoot in de lach. 'Neee! Geweldig! Daar heeft ze Henry al vroeg voor z'n mandje uit gestuurd! Wat een giller!'
'Ik haal ze weg!' zei Abel. 'En ik hang ze aan de muur. Bordje erbij "Wall of shame". Eens kijken hoe ze reageren.'
'Haha, nee jôh, laat die lui toch. Morgen gaan ze weg. Dan zien we ze nooit meer terug...'

***

Hijgend trapte Angela haar omafiets de heuvel op. Het was warm en de bossen met de kromgegroeide steeneiken waren kurkdroog. Aan weerszijden van de weg stonden de gele garrigues uitbundig in bloei, het rook naar tijm en overal tjirpten krekels. Ze was eerder al verschillende malen een wild zwijn tegengekomen dat pal voor haar neus de weg overstak. Eén keer zelfs een moederzwijn met een hele rits babyzwijntjes achter zich aan.

Toen ze eindelijk de top van de heuvel bereikte, nam ze met een zucht van opluchting haar voeten van de trappers en liet zich naar beneden suizen. Ze wierp haar hoofd in haar nek, snoof diep de harsige geur van het bos op en genoot van de wind door haar krullen.

Ze was op weg naar Jean-Claudes tante Frédérique, die vanwege haar vaardigheid met vuurwapens 'Fifi Fusil' werd genoemd. Angela's tocht naar Fifi's boerderij was elke week een forse klim, maar bood veel voordelen: aan de plicht tot een work out was voldaan, ze kon haar B&B-gasten verwennen met verse scharreleitjes en dankzij de krasse boerin van vijfennegentig jaar jong werd ze tevens bijgepraat over de laatste dorpsroddels.

Plotseling knalde er een geweerschot. Geschrokken zette ze haar voeten op de trappers en racete de heuvel af. In volle vaart scheurde ze door het openstaande hek van de boerderij en sprong van haar fiets. Er werd opnieuw geschoten.

Angela rende naar de woning. De voordeur stond open. Voorzichtig sloop ze naar binnen. De keuken was verlaten. Op tafel stond een ontbijtbordje met een half opgegeten croissant en een leeggedronken koffiekom. Weer knalde er een geweerschot. Ze rende terug naar de voordeur en spiedde naar links en naar rechts. Niets. Ze stapte naar buiten, drukte zich tegen de muur en bewoog zich naar de achterkant van de woning. Voorzichtig gluurde ze om de hoek.

Daar stond Fifi. Het een meter vijftig grote vrouwtje in haar blauwgeruite keukenschort en afgetrapte roze pantoffels. Over haar schort droeg ze een riem met aan weerszijden leren holsters waar twee revolvers uitstaken. Ze had haar wang tegen

de kolf van een automatisch geweer gedrukt en keek met één oog dichtgeknepen langs de loop naar een wijnton met flessen het eind van het weiland. Ze haalde de trekker over en met een knal spatte de middelste fles in een bloedrode wolk aan scherven.
Fifi's gezicht had duizend kleine rimpeltjes, haar stem was hoog en snerpend als nagels over een schoolbord. Toen ze de verbaasde Angela in de gaten kreeg, schoot ze in een kakelende lach.
'Hallo buuffie! Niks aan de hand, hoor! Ik moet het toch een beetje bijhouden? Volgende week is het scherpschutterconcours van Argaux-sur-Cêze en ik wil natuurlijk weer winnen.'
Ze tilde haar geweer op en blies een sliertje grijze rook van de loop. 'Ik ga al die kerels uit de wedstrijd knallen! Haha, dat zal ze leren, die boeren!' Met een druk op de knop liet ze het lege magazijn uit het geweer vallen, haalde een volle uit de zak van haar schort en klikte die vast.
'Zo.' Ze stak Angela het wapen toe. 'Hier. Wil je ook een keer?'
Angela deinsde achteruit. 'Nee, dank je.'
'Hoezo? Dat is toch leuk? We schieten alleen op vieze wijn.'
'Nee, merci. Ik kan dat helemaal niet.'
'Dan leer ik het je.'
Angela schudde glimlachend haar hoofd. 'Nee, dank je, Fifi. Hartstikke lief, maar dat is echt niet nodig.'
'Gewoon een keertje proberen,' hield Fifi aan. 'Mijn oma zei altijd: "Een vrouw moet zich te allen tijde kunnen verdedigen."'
Met een geroutineerd gebaar trok ze een Colt .45 uit haar holster, pakte hem bij de loop en stak hem Angela toe.
'Hier. Neem deze dan. Alleen maar even vasthouden. Dan weet je hoe het voelt.'
Met tegenzin nam Angela het wapen aan. En opnieuw voltrok zich het eeuwenoude wonder: de revolver nam bezit van haar.

Direct en onverbiddelijk. In haar hand voelde ze de zwaarte, ze zag het bruinglanzende notenhout van de kolf, de zachte ronding van de trekker. Eén kleine beweging van je vinger en je joeg iemand naar gene zijde. Degene die dit stuk ijzer vasthield, had de macht. Zoveel was wel zeker. Met dit ding heerste je over leven of dood. Haar hand klemde zich om de kolf en haar vinger gleed als vanzelf in de kromming van de trekker.
'Hm,' zei ze peinzend. 'Misschien wil ik het toch wel 'ns proberen.'

Hoofdstuk 8

Na een dag lang hard werken in de wijngaard verzamelde Abel zijn gereedschap en liep over het karrenspoor naar huis. Verzonken in gedachten over de wisselvalligheden van het lot sloeg hij een hoek om en botste bijna tegen een kleine vierkante man. Hij stond daar alsof hij was opgerezen uit een spleet in de aarde en stak doodgemoedereerd zijn hand uit.

'Bonjour!'

Verbluft deed Abel een stapje achteruit. 'Bonjour.'

'U bent van de B&B?' vroeg de man in het Frans.

Ach, dacht Abel, wat leuk. Een Franse klant. Dat zou mooi zijn, niet alleen maar Nederlanders.

'Zeker,' beaamde hij. 'We hebben een B&B.'

'In dat geval zou ik graag een kamer bij u reserveren.'

Monsieur Dupont was het duidelijk niet gewend om vakantiekleding te dragen. Hij had een nogal mollige achterpartij die door couturiers wel 'een kippenkontje' wordt genoemd en dat extra werd geaccentueerd door zijn korte broek. De witte armen die uit zijn poloshirt staken waren, evenals zijn melkflesbenen, nauwelijks met de zon in aanraking geweest. Hij was boekhouder bij een accountantskantoor in Nantes, vertelde hij, en 'bewust alleengaand'. Elk jaar bezocht hij een andere regio van zijn land en deze vakantie wilde hij het binnenland van de Languedoc leren kennen. 'Maar,' voegde hij er met een lepe glimlach aan toe, 'ik ben altijd op zoek naar leuke, onbekende adresjes, dus ik laat me graag verrassen.'

Dat laatste had hij beter niet kunnen zeggen.

Angela toonde hun gast de kamer Syrah, die hem leek te bevallen. Niettemin stond hij even later in de keuken waar Angela en Abel bezig waren hun avondmaal te bereiden.
'De kamer is correct,' zei hij. 'Voor die prijs. Tachtig euro, toch?'
'Ja, hoor,' zei Angela.
'Heel goed. Waar vind ik de registratieformulieren?'
Abel keek op van de ui die hij aan het snijden was. 'Wat bedoelt u?'
'De registratieformulieren voor de mairie en de toeristenbelasting.'
'O dat.' Hij pakte een nieuwe ui. 'Die hebben we niet.'
'Maar dat is toch verplicht?'
Typisch Frans, dacht Abel, alles volgens het boekje.
'Nee, hoor,' zei hij over zijn schouder, 'wij zijn Hollandais, wij zijn wat losser in die dingen. Bij ons hoeft alles niet zo volgens de regeltjes. Hier bent u zo vrij als een vogel. U hoeft niks in te vullen.'
'Juist. En hoe gaat dat dan met afrekenen straks? Kan ik wel pinnen?'
'Helaas,' zei Angela, 'we hebben nog geen pinapparaat. Dus als het geen probleem is, liever contant.'

Tien minuten later was de nieuwe gast alweer beneden.
'Het toilet in mijn kamer.'
'Ja?'
'Dat trekt niet door.'
'Vreemd,' zei Abel. 'Gisteren deed hij het nog.' Hij legde zijn mes neer en veegde zijn handen af aan zijn broek. 'Ik loop wel even mee.'
Achter elkaar lopend bestegen ze de trap.

Teneinde de stortbak aan een technische inspectie te onderwerpen, probeerde Abel het ouderwetse gietijzeren gevaarte naar voren te trekken. Dat lukte slechts ten dele. Na een paar verwoede rukken schoof de zware bak in een wolk van brokken stucwerk en doorgeroeste schroeven een stuk van de muur.
'Hm, 'ns even kijken...' Abel ging op de wc-bril staan, reikte omhoog en stak zijn hand in het inwendige. Blindelings tastte hij rond in het koude water. Zijn vingers gleden langs allerlei vreemd gevormde onderdelen. Op de gok trok hij aan iets wat mee leek te geven. Meteen liep de bak met veel geraas leeg in de wc-pot en begon zich spuitend opnieuw te vullen. Zo goed als dat ging, duwde Abel de stortbak terug tegen de muur, waar hij wonderwel bleef hangen.
'Voilà!' Met de achteloosheid van een expert die dagelijks dit soort klusjes opknapt, stapte hij van de toiletbril. 'Die doet 't weer.'

'En?' vroeg Angela zonder op te kijken van het aanrecht.
'Fluitje van een cent.' Abel pakte een mes en hervatte zijn culinaire bezigheden. 'Wat moet dat fijn voor je zijn.'
'Wat?'
'Om met zo'n handige man getrouwd te zijn.'
Ze lachte. 'Nou!'
Boven hun hoofd klonk een harde klap gevolgd door een gedempte kreet en gevloek. Door de planken van het plafond begon water naar beneden te druppelen.
Angela sloot even haar ogen en zei met een vermoeide glimlach: 'Zullen we Pierre even bellen, lieverd?'

***

De volgende ochtend was het stralend weer. Op de binnenplaats deden hommels zich zoemend tegoed aan de bloeiende lavendel in de terracotta potten.

'Heeft het gesmaakt?' vroeg Angela haar gast terwijl ze de ontbijtboel onder de pergola opruimde.

'Prima.' Monsieur Dupont pakte zijn servet en veegde zijn mond af. 'Van de kaas heb ik nog wat overgelaten. Misschien voor uw andere logees?'

'Dat had niet gehoeven hoor, want die zijn er niet. U bent onze enige gast.'

'O, nou, mooi. Dan kunt u de kaas bewaren voor morgen. Daar heeft u de mogelijkheid voor, neem ik aan?'

Angela moest lachen. 'Zeker, die mogelijkheid heet "ijskast".'

'O, u bewaart de kaas op vier graden.' Met zijn mes tikte hij tegen een schaaltje ham. 'En deze vleeswaren?'

Fronsend zei Angela: 'Ook in de ijskast, ook op vier graden.'

'Dus u bewaart kaas en vlees in dezelfde ruimte.'

Nu werd het Angela te gortig.

'Ja.' Ze pakte het blad en liep ermee de keuken in. 'We hebben namelijk een B&B. Geen handel in witgoed.'

'Die man spoort niet helemaal, Aab.'

Abel stond de citruspers schoon te spoelen en draaide zich om. 'Hoezo?'

'Eerst dat gedoe gisteravond over die formulieren en net begon hij te zeuren over de kaas. Of we die wel in de ijskast bewaren.'

Abel grijnsde. 'Een controlfreak. Wees blij dat hij niet pissig is over die stortbak.' Hij droogde zijn handen af en liep naar de deur. 'Ik ga nu de wijnproeverij met hem doen. Daarna vertrekt hij en dan zijn we van 'm af.'

***

Monsieur Dupont droeg deze ochtend weer zijn korte broek, maar had daar om onduidelijke redenen een diarreekleurig colbertje bij aangetrokken.
Zwijgend staken de kleine man met het kippenkontje en de slungel met het lange haar de binnenplaats over naar de wijnkelder. Onder het lopen nam Dupont de mas met een bezorgde blik op. 'Mooi gebouw. Maar wat een onderhoud.'
'Mwoa.' Abel haalde zijn schouders op. 'Dat ligt eraan hoe je het bekijkt. Ik hou van dingen die oud zijn. Levende geschiedenis! Het schijnt dat deze mas ooit is gebouwd door de Tempeliers. Dus dit gebouw is duizend jaar oud. Dan mag er toch wel een dakpannetje losliggen? Ik heb er geen last van. Sterker nog, als ik hier loop, word ik blij van elke barst en elke scheur die ik zie. Historie, weetjewel. Zo'n pand leeft. Elke dag opnieuw geniet ik van de mas en alles wat erbij hoort. Vierentwintig uur is me nog te kort. Ik zou in de wijngaard willen werken, koffiedrinken met Angela, grasmaaien, niks doen, naar de rivier kijken, wijn slurpen, muurtjes metselen, allemaal tegelijk. De hele dag genieten van al die nimmer eindigende schoonheid om me heen.'
Monsieur Dupont nam hem van opzij op en schudde onmerkbaar zijn hoofd. Aan deze slungelige figuur zat duidelijk een schroefje los. 'En het wijn maken dan?' gooide hij het over een andere boeg. 'Dat lijkt me een zeer arbeidsintensieve bezigheid. Daar komen nauwgezette hygiënische voorschriften aan te pas, heb ik begrepen.'
In plaats van een treurzang over de misère van het wijnboerschap koos Abel voor een andere aanpak. 'Dat valt reuze mee,' loog hij vrolijk. 'Die druiven, daar hoef je niks aan te doen. Die groeien vanzelf. Zeker als je biologisch werkt, zoals wij. Dan doet Moeder Natuur het werk voor je.'

Ongelovig staarde zijn gast hem aan. 'Echt waar?'
'Zeker.'
Abel ging hem voor de wijnkelder in.
'Hé,' zei monsieur Dupont. 'Die ingang is niet rolstoelvriendelijk.'
'Nou en? U kunt toch prima lopen?'
'Ja, ik wel, maar niet iedereen mag zich zo gelukkig prijzen, monsieur. Beschikt u dan in elk geval wel over een invalidentoilet?'
'Haha,' lachte Abel, 'ik zal het u nog sterker vertellen: ik heb helemáál geen toilet! Als ik in m'n kelder aan het werk ben en ik moet plassen, dan ga ik naar buiten en pis ik tegen een boom!'
Dupont verstarde en keek Abel met fonkelende ogen aan.
'Dit,' sputterde hij, 'dit... dit... vind ik zeer beledigend!
'Ja? Nou, sorry dan hoor, dat was niet de bedoeling.' Abel maakte een uitnodigend gebaar. 'Zullen we wijn gaan proeven?'
Met tegenzin volgde de kleine reiziger hem het schemerduister van de kelder in.

Nieuwsgierig keek Dupont naar de rijen wijnvaten langs de muren. Abel liep naar het lege vat dat als statafel diende, trok de kurk van een fles en schonk twee bodempjes rode wijn in.
'Die zwarte vlekken daar op de muur, is dat schimmel?' vroeg Dupont.
'Dit is een wijnkelder. Daar is altijd schimmel, dat hoort. Dat heet terroir.'
'Ah, juist,' knikte Dupont. Hij pakte zijn glas en monsterde de inhoud. 'Dus dit is uw wijn.'
Abel kreunde inwendig. Djiezus! Een gek!
'Ja,' beaamde hij en wist de vermoeidheid uit zijn stem te

houden. 'Dit is mijn wijn. Honderd procent biologisch, Appellation d'Origine Protégée.'
'Dus dat komt hier vandaan.'
Nee, dat komt uit Transsylvanië met de hondenkar van de melkboer elke ochtend om tien over zeven, wilde Abel zeggen, maar hij veranderde dat op het laatste moment in: 'Dat klopt, deze wijn maken we hier op de Mas des Anges. Daarom heet de wijn ook zo.'
'Ik begrijp het.' Zonder ervan te drinken zette Dupont zijn glas weer neer. 'Ik lust eigenlijk geen wijn. Gek, hè? Ik heb het nooit lekker gevonden.'
Abel sloot zijn ogen en slaakte onhoorbaar een zucht. Moeder Maria Christus te paard. Laat een bliksem deze creatuur treffen in het holst van zijn scrotum opdat hij zich nimmer voortplante. Kalm blijven, maande hij zichzelf. Kalm blijven...

'Kijk 'ns wat leuk!' riep Abel toen ze de kelder uitkwamen. 'Daar! Op de tafel onder de pergola!'
Dupont knipperde met zijn ogen tegen het zonlicht. 'Wat is er dan?'
'Een eekhoorn! Kijk, daar! Achter die bloempot!'
Dupont bleef stokstijf staan. Hij kneep zijn ogen tot spleetjes en knikte langzaam. 'Inderdaad. Een eekhoorn. Over de ontbijttafel nog wel. Dat ontbrak er nog maar aan...'
Hij draaide zich om naar Abel. 'Dit doet voor mij de deur dicht, monsieur.' Hij keek hem aan met een blik alsof Abel iets was dat bewoog op de bodem van een vuilnisbak. Hij haalde een mapje uit zijn zak en stak dat opengeklapt in de lucht. 'Michel Dupont, inspecteur Direction Générale de l'Alimentation, services de sanitaire.' Hij liet deze woorden in de lucht hangen wellicht in de verwachting dat Abel zich kronkelend

ter aarde zou werpen, smekend om genade. Maar dit greep niet plaats. Abel stond daar en staarde hem glazig aan.
Dupont probeerde zich wat langer te maken, wat niet lukte en ging verder: 'Een eekhoorn, monsieur, behoort tot de familie der rat-achtigen. Die brengen rabiës over. Dit, gekoppeld aan de lange reeks overtredingen die ik in uw etablissement heb moeten vaststellen, laat mij geen andere keus. Ik moet uw B&B per direct sluiten.'

Maar Angela nam daar geen genoegen mee. Strijdvaardig posteerde ze zich voor Dupont.
'Mag ik dat pasje 'ns zien?'
Met een hautain gebaar overhandigde hij het haar.
Ze controleerde het nauwlettend en nam er de tijd voor.
'Oké,' zei ze ten slotte en gaf het hem weer terug. 'Prima. Maar waarop baseert u uw besluit, monsieur? Welke daadwerkelijke overtredingen heeft u gezien?'
Dupont snoof minachtend. 'Wat ik bij u heb geconstateerd, madame, is volkomen onacceptabel. Hier worden alle wetten van de hygiëne met voeten getreden. Deze B&B wordt per direct gesloten. U mag vanaf heden geen gasten meer ontvangen. Ten bewijze hiervan dient u de officiële verklaring van sluiting, die u vandaag per e-mail zult ontvangen, duidelijk zichtbaar op de voordeur te bevestigen. Nadat ik aangifte heb gedaan, zult u te zijner tijd een lijst ontvangen van correcties die moeten worden doorgevoerd indien u deze,' hij maakte met zijn handen naast zijn schouders een aanhalingstekensgebaar, '"bed en breakfast" zou willen heropenen.' Hij keek Angela met half geloken ogen aan. 'Dat wil zeggen, áls uw bed en breakfast weer open mag...' Hij wachtte of er een weerwoord kwam.
Toen dat uitbleef, zei hij hooghartig: 'Ik groet u.' Hij draaide

zich om en liep de poort uit, zijn kippenkontje wiegend onder de flapjes van zijn colbertje.

***

Met vier trefzekere stoten van zijn schroefboormachine verankerde Pierre de stortbak muurvast in de stenen. Hij voelde aan de bak en stapte van de wc-bril. 'Die gaat nergens meer heen.'
'Top,' zei Abel. 'Hartstikke bedankt, man!'
Pierre greep zijn gereedschapskist. 'Geen probleem.'
'Een klein glaasje doen?' vroeg Abel toen ze de trap afliepen.

Met hun wijn installeerden ze zich onder de pergola. Pierre nam er zijn gemak van. Hij verschoof zijn stoel zodat hij uit de zon kwam te zitten en strekte zijn gespierde benen in zijn versleten sportbroekje. 'Dus die eikel gooit je zaak dicht.'
Abel knikte verslagen. 'Ja. Balen...' Hij nipte van zijn wijn. 'Angela is helemaal over de rooie. Ze is naar Jean-Claude. Kijken of die er nog wat aan kan doen.'
'Wat een hufter.'
'Tja...'
'Hij heeft jullie inkomsten geroofd.'
'Nou ja, we hebben natuurlijk de wijn, maar van de B&B komt nu niks binnen, inderdaad.'
Zwijgend keken de mannen over de binnenplaats.
Alleen het tjirpen van de krekels was te horen. Een stuk of wat zwaluwen scheerden laag onder de takken van de plataan door. Soms kon je het glanzend wit van hun buikjes zien.
Pierre nam een slok. 'Gelukkig zijn er meer manieren om geld te verdienen...'
Abel knikte mismoedig. 'Dat zal best.'

Vanachter de blonde lok voor zijn ogen staarde Pierre hem aan. Opeens zei hij: 'Jij maakt wietwijn.'
Abel schrok op. 'Hoe kom je dáárbij?'
'Ach,' Pierre grijnsde. 'Je hoort wel 'ns wat...'
'Nou ja, toen ik hier pas zat, kon ik m'n wijn niet kwijt en toen heb ik inderdaad, eh... Weetjewel... Maar daar heb ik een hoop trammelant mee gehad...'
'Zoiets hoorde ik, ja. Dus daar ben je mee gestopt.'
Abel glimlachte. 'Nou ja, gestopt...' Hij nam een slokje wijn en slurpte dat genietend naar binnen.
'Niet dan?' drong Pierre aan.
'Niet helemaal.'
'Wat dan?'
'Nou gewoon, ik heb nog een klein beetje staan.'
'O?'
'Ja. Daar wil ik een keer olie van persen.' Hij zuchtte. 'Maar ik heb geen pers, dus ja...'
Pierre knikte. 'Hoeveel heb je?'
'Mwoa,' Abel maakte een relativerend gebaar. 'Een hectare.'
Onzichtbaar achter het haar voor zijn ogen werden Pierre's pupillen groot.

Hoofdstuk 9

In de verbouwde patriciërsvilla van Stone Age Productions aan de Hilversumse 's-Gravelandseweg heerste een landerige stemming. In de tuinkamer waar ooit deftige families van hun thee nipten zat nu een drietal jongensachtige mannen rond de vergadertafel. Hoewel, vergaderen, daar heb je toch een ander beeld bij. Deze gasten hingen in hun gescheurde spijkerbroek en t-shirt nonchalant in hun stoel, voeten in sneakers op tafel.
'Zullen we wat broodjes laten komen?' geeuwde Wiebe. 'Misschien dat we dan beter kunnen denken.'
'Ja, en ook koffie. Veel koffie,' zei Mike.
Wiebe pakte zijn telefoon om te bestellen.
'We moeten nu echt met iets nieuws komen,' zei Gerland, een hippe veertiger in een duur vintage t-shirt, een voorgescheurde jeans en een zorgvuldig getrimd stoppelbaardje. 'Zoiets als "Dood voor de deur", dat succesvolle zelfmoordprogramma, maar dan anders, want dat maken we zelf al.' Hij dacht na en frummelde aan de rits gekleurde geluksbandjes van gevlochten leer om zijn pols. 'Misschien een soort "Last dates", koppels die voordat ze gaan scheiden nog een keer met elkaar naar bed gaan. Zoiets. Echte lekker vette reality.'
Wiebe was klaar met broodjes bestellen, maar bleef op zijn telefoon door zijn social media swipen. 'Kunnen we niet iets Ik vertrek-achtigs doen?' vroeg hij zonder op te kijken. 'Dat scoort als een dolle.'
'Dat is er toch al!'

'Jawel, maar dan maken we iets soortgelijks, alleen nu met koppels die echt helemaal naar de kloten gaan! Echt kansloos, weet je wel.' Hoopvol keek hij op.
'Tja... Beetje ouwe koek,' vond Mike.
'Nee, daar krijg ik ook geen harde van,' beaamde Gerland.
'Oké, maar niet als je echt een stel supernaïevelingen hebt. Van die losers die er echt geen reet van bakken. Dan wordt het leuk!'
'Tja,' schudde Mike twijfelend zijn hoofd. 'Het zou kunnen... Het hangt enorm af van de research. Je moet echt een stel superonbenullige sukkels zien te vinden.'

***

Twaalfhonderd kilometer zuidwaarts hief Abel zijn houweel boven zijn hoofd en sloeg hem met een klap in de grond. De dag was nog jong en hij was vol goede voornemens de wijngaard ingetrokken, de pikhouweel over zijn schouder. De melodie van 'De zeven dwergen in de diamantmijn' schoot hem even niet te binnen, maar hij was vastbesloten vandaag zijn spierballen te laten rollen voor een Complantage; jonge wijnplantjes poten op de plekken waar oude wijnstokken het loodje hadden gelegd.
Maar de zon was heet, de grond weerbarstig en het werk zwaar. Zwetend wrikte hij keien uit de aarde die hem het graven onmogelijk maakten en dat waren er niet weinig. Binnensmonds vloekend probeerde hij een groot stuk rots eruit te trekken. 'Dit is verdomme niet te doen, met al die kutstenen...'
Hij dacht aan de zachte Hollandse grond, waar de schep ingleed als een zilveren lepel in een Monatoetje en maakte zich extra kwaad op deze steen die zo onwillig was de aarde te verlaten.

Na veel gevloek schoot hij los. Met een overwinnaarsgevoel tilde Abel hem op en veegde het zand eraf. Wow. Geweldig! Het is maar een steen, maar toch... In bewondering schudde hij zijn hoofd. Ik trek hier gewoon een stuk oerwereld uit de Aarde. Dat is toch eigenlijk niet te geloven... Wat zijn die lousy tachtig of negentig jaar van mij vergeleken met deze zeshonderd miljoen jaar oude rock? Ik zou...

'Yeeey!!' Over het karrenspoor kwam Angela aanhollen, wapperend met een brief boven haar hoofd. 'Aab!'

Abel richtte zich op en wiste het zweet van zijn voorhoofd.

'We mogen weer open! Jean-Claude heeft een spoedprocedure geregeld, de schat.' Opgewonden las ze voor: 'Als u aan de opgegeven voorwaarden heeft voldaan, kunt u uw bedrijf weer openstellen voor gasten. De komende weken zult u worden gecontroleerd door een van onze inspecteurs. Als er tijdens deze inspectie opnieuw overtredingen worden geconstateerd, zal uw bedrijf definitief worden gesloten. Verweer hiertegen is dan niet meer mogelijk.' Ze keek op. 'We kunnen dus weer open, Aab, maar we moeten zorgen dat we de boel goed voor elkaar hebben, anders zijn we alsnog de klos. Dus svp alles superschoon houden en please, geen stommiteiten begaan.'

Abel wreef met een hand, zwart van de aarde, het zweet van zijn voorhoofd waardoor hij eruitzag als een grijnzende mijnwerker. 'Natuurlijk, schatje. Je spreekt met de reinheid zelve!'

***

Het meisje dat uit de parelmoerkleurige Fiat 500 stapte was jong, blond en mooi. Met een bevallig gebaar rekte ze zich uit, haar ranke gestalte met het gouden haar leek al het zonlicht naar zich toe te trekken. Ze liet haar auto onder de poort staan

en liep de verlaten binnenplaats op. Nieuwsgierig keek ze om zich heen; de oude mas, de bloeiende lavendel in de terracotta potten, de reusachtige plataan bij de waterput. Ze stond daar en dronk de stilte in. Een stilte die haar, vers uit de opgewonden schijnwereld van de televisie, onbekend was. Een stilte die werd verbroken, of juist versterkt, door het geluid van de krekels en het brommerige gezoem van de hommels op de lavendel.
Plotseling klonk achter haar het geluid van gierende remmen gevolgd door de klap van scheurend metaal. Verstijfd van schrik draaide ze zich om. Een oranje Volkswagencampertje was achterop haar splinternieuwe huurautootje geknald.
Even gebeurde er niets, toen zwaaide het portier open. Er stapte een man uit met lang sluik haar tot op zijn schouders en blote voeten in afgetrapte sandalen.
'Djiezus!' riep hij terwijl hij de schade aan de voorkant van zijn busje opnam. Verbijsterd keek hij haar aan. 'Wat is dit?!'
Het blonde meisje moest nu een aantal handelingen tegelijk verrichten: het trillen van haar benen tot bedaren brengen en ook meteen het gezicht opzetten met de guitige oogopslag en de kuiltjes in haar wangen, waarvan ze wist dat iedereen er voor viel.
'Ooo!' Met een geraffineerd dom-blondje-gebaar sloeg ze haar hand voor haar mond. 'Wat vréselijk!' Ze liep naar de man toe waarbij ze er ook nog in slaagde een ontwapenende glimlach op haar gezicht te toveren. 'Sorry! Mijn schuld! Ik had daar nooit moeten staan!'
'Mwoa,' zei Abel goedmoedig. 'Het valt wel mee, geloof ik.' Hij klopte op het reservewiel op de neus van het busje. 'Deze jongen heeft de klap goed opgevangen. Alleen jouw bumper, tja...'
'Geen probleem,' zei het meisje. 'Het is een huurbakje. All risk

verzekerd.' Ze stak haar hand uit. 'Annelie Gaarland, Stone Age Productions. Goedemorgen.' Ze lachte. 'En sorry hoor! Dit is wel een hele directe manier van kennismaken.' Ze liep naar haar auto. 'Ik zet 'm even weg, pak ik meteen een schadeformulier.'

***

'Dus,' besloot Annelie haar verhaal, 'dit is voor u een unieke kans en een absolute win-win. Zoals gezegd denken we in eerste instantie aan een serie met acht afleveringen, maar als het een succes wordt, en daar gaan we natuurlijk allemaal vanuit, komt er ook een tweede en een derde seizoen. Kent u Château Meiland?'

Ze zaten aan de tafel onder de pergola en als symbolisch antwoord op deze vraag knalden in de verte twee doffe geweerschoten, buurman Klootschieter die met zijn antieke vuurbuks de kraaien uit zijn wijngaard joeg. 'Kutkraaien', hoorde Abel hem in gedachten mopperen, met die kenmerkende kraakstem van hem.

'Château weiland?' vroeg hij. 'Wat is dat?'

'Château Meiland is een megasucces. Die hadden ook een B&B en die is dankzij de serie waanzinnig populair geworden. Datzelfde zou hier bij u ook zomaar kunnen gebeuren!' Verwachtingsvol keek ze naar Angela. 'Kent u het, mevrouw?'

Angela schudde haar hoofd. 'Nee, maar ik geloof ook niet dat het onze ambitie is om "waanzinnig populair" te worden.'

Annelie had van begin af aan in de gaten dat Angela de horde was die genomen diende te worden. Die lange had ze wel ongeveer in haar zak, maar die vrouw was een taaie. Ze besloot haar volgende troef in het spel te gooien. Doorgaans deden de gewone sukkels gratis mee aan de realityprogramma's die

Stone Age aan de lopende band produceerde, sterker nog: ze vochten erom om uitgekozen te worden, maar met deze Angela leek een financiële aderlating onontkoombaar. 'We zouden een honorarium kunnen afspreken per opnamedag. Dat kan flink oplopen.'

Zonder iets te zien keek Angela naar de lavendel bij de oude waterput. 'Tja...'

Abel had geleerd niet te interveniëren tijdens dit soort denkprocessen van zijn vrouw en deed er wijselijk het zwijgen toe.

***

's Avonds in het hemelbed kroop Abel dicht tegen Angela aan. 'Je zal zien, Poekie,' fluisterde hij. 'Het komt echt goed. Met zo'n tv-serie krijgen onze B&B en onze wijn landelijke bekendheid. Dan gaat de zaak vanzelf lopen.'

Vanuit zijn schuldgevoel over hun voortdurende geldnood, dat als een bonte knaagkever aan het randje van zijn geweten vrat, had Abel na Annelie's vertrek alles op alles gezet om Angela te overtuigen. 'Een eigen tv-serie! Dat is echt een gouden kans! Die mogen we niet missen, schatje!'

Angela sloot haar ogen en zond een gebed hemelwaarts naar een willekeurig opperwezen. 'Oké,' zuchtte ze. 'Vooruit dan. We proberen het. Maar als het niet goed voelt, trekken we meteen de stekker eruit.'

Abels hart sprong op. Hij was zo opgelucht dat hij niet in de gaten had dat hij daar, in dat roodfluwelen hemelbed in hun slaapkamer op de tweede verdieping van de Mas des Anges, zijn ziel verkocht aan de duivel.

'Natuurlijk, schatje!' Hij knipte het bedlampje uit en kuste zijn vrouw en zijn geweten welterusten.

Hoofdstuk 10

'Zo, dat ziet er goed uit.'

De man die voor Abel stond schudde diens uitgestoken hand en keek tegelijkertijd langs hem heen de gang in. Verbaasd draaide Abel zich om. Er was niets te zien.

'Mooi vervallen, uw boerderij,' prees de bezoeker. Hij had dunne grijze krulletjes die tegen zijn bezwete voorhoofd plakten en was net zo lang als Abel, alleen twee keer zo dik.

'Het is geen boerderij,' zei Abel een tikje gekwetst. 'Het is een wijndomein, een mas. Zo noemen ze dat hier.'

Vanachter zijn azuurblauwe brilmontuur keek de krullenbol Abel onderzoekend aan, maar ging er niet op in.

'Jobst,' stelde hij zich voor. 'Jobst Bennebroek, Stone Age Productions. Ik ben de regisseur.' Hij glimlachte en vervolgde op enigszins bekakte toon: 'Ik heb begrepen dat wij hier de komende week een proefopname mogen vervaardigen, om te kijken of we samen een fantastische televisieserie het licht kunnen doen zien.'

Achter hem verscheen een gedrongen figuur in een zwarte korte broek en een t-shirt met het opschrift 'Moral Hazard'. Zijn haar was aan de slapen kaalgeschoren en het resterende deel was geverfd in een kleur die het midden hield tussen pompoensoep en ossenbloed en zo geknipt dat het als een bezem de lucht in stak. Op zijn schouder droeg hij een zware televisiecamera, met zijn vrije hand sleepte hij een met stickers beplakte flightcase achter zich aan.

In zijn kielzog volgde een kalende veertiger. Zijn gezicht was nogal bol en glimmend rood als de kont van een baviaan. In elke hand trok hij een zwaar toegetakelde flightcase over de hobbelkeitjes van de binnenplaats.
'Dit is Zoran,' zei de regisseur. 'De beste cameraman van het westelijk halfrond.' Zoran grijnsde, in zijn linker mondhoek glansde goud. 'En last but not least,' vervolgde Jobst, 'Gilles, onze waanzinnige sounddevil.'
Omdat de mannen hun handen vol hadden, lachte Abel naar ze en riep: 'Hi, guys! Welkom! Jullie kamers zijn boven. Ik ga wel even voor.'
'Dan haal ik de rest van de spullen,' zei Jobst. 'Kunnen we onze bus hier zolang laten staan?'
'Tuurlijk,' zei Abel. 'Er gebeurt hier nooit wat...'

***

Toen Angela terugkwam uit het dorp, trof ze in haar keuken een televisieploeg in volle actie. Verbijsterd bleef ze in de deuropening staan en nam het tafereel in zich op.
De tafel was opzij geschoven, de lamp erboven met losse spijkers tegen de balken van het plafond genageld en haar ijskast was afgeplakt met repen matzwart papier. In alle vier de hoeken waren filmspots op standaards geplaatst die de keuken in een fel studiolicht zetten. Een grote man met een blauwe bril in zijn grijze plakhaar, drukte zich met zijn rug tegen de muur en keek haar aan door een oogglas dat aan een koordje om zijn nek hing. Bij het aanrecht stond een jongeman met haar als een oranje bezem. Hij hield zijn geopende handen met twee gestrekte duimen tegen elkaar voor zijn gezicht en volgde, met het aldus ontstane vierkant, in een trage beweging de ronding

van de trap. Onder de tafel zag ze iemand zitten van wie ze alleen het roodglimmende gezicht ontwaarde, hij zat iets vast te schroeven tegen de onderkant van het blad.
De man bij de muur liet zijn oogglas los en stapte met uitgestoken hand op haar af.
'Goedemorgen, mevrouw! Jobst Bennebroek, regisseur van Stone Age Productions. U bent de vrouw des huizes?'
Totaal overrompeld knikte Angela.

***

De volgende ochtend ontbeet Abel met de televisiecrew aan de tafel onder de pergola. Tussen de druivenbladeren boven hun hoofd tjirpten musjes, ergens in de takken van de plataan zat een duif monotoon te koeren. Een licht briesje liet zonnevlekken dansen over de croissants en de leeggedronken cappuccinokopjes.
Met een amechtige zucht schoof Jobst zijn bord van zich af. 'Ik kan niet meer! Echt heerlijk! Croissantjes, chocoladebroodjes, vers fruit, jus d'orange, muesli, cruesli, lekkere yoghurt, super! Is dit jullie normale ontbijt?'
'Yep,' zei Abel trots. 'Goed, hè?'
'Dan begrijp ik niet waarom het hier niet drukker is.' Haastig klopte de regisseur op het tafelblad. 'Afkloppen, want tijdens de opnames willen we natuurlijk geen gasten!'
Uit de keuken klonken enthousiaste kreten. Angela barstte door het kralengordijn en kwam zwaaiend met een papier naar buiten rennen. 'Aab! Eindelijk! Een boeking!'
Abel sprong op. 'Echt?! Wat goed!'
'Yes! Ze komen met z'n vieren. Twee stellen. Hartstikke leuke lui!'

‘Yeeeey!’ Abel stootte twee vuisten naar de hemel en draaide zich om naar Jobst. ‘Jullie brengen geluk, guys! Een boeking! Net nu jullie gaan draaien! Perfect! Wat een timing! Dit had niet beter gekund. Als dit de groove van de serie wordt, zitten we geramd!’

Fronsend nam de regisseur zijn gastheer op. Hoeveel was deze figuur eigenlijk verteld? Vrolijke gezichten was wel het laatste wat hij wilde. Narigheid moest hij hebben! Rampspoed en rottigheid. Hij besloot zich op de vlakte te houden. ‘Gefeliciteerd,’ zei hij afgemeten en stond op. ‘Allez, mannen, pak je spullen. Dan gaan wij vast wat beauties draaien.’

Zoran en Gilles kwamen overeind.

‘Beauties?’ vroeg Abel.

‘Beauty shots,’ verklaarde Jobst. ‘Mooie shotjes van de omgeving. De bloemetjes en de bijtjes enzo, maar ook een ingestort schuurtje, een verstopt riool, een lekkend dak, dat werk. Daar cutten we thuis de leader van. Je hebt hier niet toevallig een of ander oud autootje staan, hè?’

‘Zeker te weten!’ riep Abel enthousiast. ‘M’n camper! Te gek ding! Ik haal ’m!’

***

‘Dit zijn Ingeborg en Egbert-Jan.’ Angela gebaarde naar de twee vrolijke dertigers in pastelkleurige golfkleding naast haar. ‘En dit,’ ze wees op een soortgelijk stel aan haar andere kant, ‘zijn Elsemieke en Wiep.’

Er werden handen geschud en stoelen bijgetrokken en even later zat het viertal bij de televisiecrew onder de pergola.

‘Komen we nou op tv?’ vroeg Wiep hoopvol.

‘Nee,’ antwoordde Jobst kortaf. ‘We draaien alleen een pilot.’

'Ik begrijp het,' zei Wiep en probeerde zijn teleurstelling met een geforceerd lachje te verbergen.
'Hoelang blijven jullie?' informeerde Jobst in de hoop dat de scriptverstoorders morgen weer opgehoepeld zouden zijn.
'We hebben voor de hele week geboekt!' riep Ingeborg blij. 'Heerlijke plek, hier!' Om haar heen werd instemmend geknikt.
'Wat?' zei Jobst geschrokken. 'Een hele week? Maar dát is niet de afspraak!'
Verbaasd keek Angela op. 'Wat bedoel je?'
Om de aandacht af te leiden greep Jobst het script van tafel en begon er in het wilde weg doorheen te bladeren. 'Nou ja,' bond hij in, 'zo staat het niet in mijn script. Er is niet gerekend op gasten.' Hij pakte zijn telefoon en stond op. 'Even bellen.'

Achter haar bureautje op het kantoor van Stone Age Productions kreeg Annelie de wind van voren.
'Hier kan ik niks mee!' toeterde Jobst in haar oor. 'Dit is het format niet! We zijn verdomme helemaal naar dit godvergeten gat gereden omdat alles hier vreselijk kut zou zijn! Dat was de deal. Armoe! Ellende! Geldnood, jankende huwelijksproblemen. Dát is wat de mensen vreten! En nu komt opeens een stelletje feestneuzen de boel gezellig maken!'
'Maar daar kan ik toch niks aan doen?' piepte Annelie.
'Zeker wel!' foeterde Jobst. 'Je had alle kamers moeten afhuren. Dan had die hut leeg gestaan! Dan heb ik drama!'
Annelie voelde dat ze op steeds gladder ijs raakte. 'Ik zet je even door naar Gerland.' Vlug schakelde ze door naar haar baas.

Met een gezicht dat op onweer stond kwam Jobst terug naar de tafel.
Zoran liep hem tegemoet. 'Wat doen we nu?'

‘Wachten,’ gromde Jobst tussen zijn tanden. ‘Wachten tot het kut wordt. Alleen hebben we nog maar vijf draaidagen...’

***

‘Wanneer moet ie klaar zijn?’ Jean-Marc, die vanwege zijn blonde krulletjes ‘Mouton’ werd genoemd, kwam onder de motorkap van Abels campertje vandaan en veegde zijn handen af aan een doek waar zijn handen eerder viezer dan schoner van werden. Op zich was dat in lijn met de rest van zijn verschijning, want zowel zijn overall als zijn gezicht en handen waren besmeurd met vegen zwarte smeer en olievlekken.
‘Morgen?’ opende Abel de onderhandelingen. Hij wist dat het tegenbod op z’n minst twee weken later zou liggen.
Na veel van beide zijden gespeelde wanhoop kwamen ze tot een akkoord: aanstaande vrijdag zou Abels Volkswagen camper weer fris als een hoentje staan te trappelen.
Op het moment dat Abel deze keiharde deal met een ferme smeerhanddruk wilde bekrachtigen, verscheen er een man in de deuropening. Toen hij de twee in de halfduistere garage ontwaarde, stak hij zijn hand op en kwam, omzichtig over de overal verspreid liggende velgen, uitlaten en autobanden stappend, naar hen toe. Met zijn enigszins uitpuilende ogen leek hij van een afstand op een pad en toen hij dichterbij kwam nog meer. Gefascineerd keek Abel naar de brede mond met de neerhangende mondhoeken. Toen de nieuwkomer ter begroeting zijn hand uitstak, moest Abel de neiging onderdrukken die te pakken en te kijken of er zwemvliezen tussen zijn vingers zaten.
‘Neemt u me niet kwalijk,’ zei de man in het Nederlands. ‘Mijn naam is Hiepstra. U bent toch Hollander?’

Hoofdstuk 11

Op de Mas des Anges was de televisieploeg op volpension-basis ingekwartierd. Samen met de twee vriendenstellen en de nieuwe gast die Abel uit de garage had meegenomen, was het een huis vol, dus moest Angela elke dag boodschappen doen, ontbijtjes maken, tafel dekken, afruimen, afwassen en bedden verschonen. Gelukkig bood Abel een helpende hand.

'Ik geloof dat we een Moeilijksma in huis hebben,' zei Angela toen ze keuken binnenkwam met een blad vol gebruikte ontbijtbordjes.

Abel keek niet op; hij stond boven de vuilnisbak een bakblik met twaalf zwart verkoolde croissants schoon te schrapen.

'Nee hè!' riep Angela.

'Sorry, ze zijn iets te hard gegaan. Wat bedoel je, "een Moeilijksma"?'

Ze rolde met haar ogen en besloot geen aandacht aan de nog narokende bakseltjes te besteden. 'Die nieuwe gast. Hij wil een apart tafeltje en een parasol en een kussentje.'

'Geen probleem, ik zal het zo doen.'

Ze haalde een nieuw pak croissants uit de vriezer. 'Hoe kom je eigenlijk aan hem?'

'Hij was op vakantie hier. Bij de mairie hadden ze hem verteld over twee Nederlanders met een B&B, en Jean-Claude wist dat ik bij Mouton in de garage was.'

Angela pakte een kan versgeperste jus d'orange en liep naar de deur. 'Oké, dan gaan we hem 'ns extra verwennen...'

Dat bleek niet eenvoudig. Nadat Abel Hiepstra onder de plataan aan een apart ontbijttafeltje had geïnstalleerd met stoel en zacht kussentje, was de administratief medewerker uit Werumerschans nog steeds niet tevreden. Met zijn omvangrijke buik duwde hij het tafeltje achteruit: 'Erg krap hier. En die boom zit vol met mussen. Wat een rotherrie. Het lijkt verdomme wel of je in een volière zit te ontbijten. Niet zo fris ook, die vogelpoep vlak boven m'n ontbijt. Wanneer komt dat trouwens? Ik vind het nogal lang duren, allemaal.'
'Ik haal het meteen,' zei Abel en haastte zich terug naar de keuken.
'Heb je 't gezien?' vroeg hij opgewonden aan Angela.
'Wat?'
'Die Moeilijksma.'
'Haha ja! Als hij praat, is het net een kikker. Kwaak, kwaak...'
'Ja dat ook, maar hij heeft kleine handjes!'
Ze schudde haar hoofd. 'O? Nee, is me niet opgevallen.'
'Nou, dat zijn vaak seriemoordenaars.'
Ze schoot in de lach. 'Hoe kom je daar nou weer bij?'
'Nou, dat schijnt zo te zijn, heb ik ooit 'ns ergens gelezen.'

De filmcrew zat te ontbijten onder de pergola, maar regisseur Jobst had geen trek. Met een hand onder zijn kin staarde hij naar de twee vriendenstellen aan het andere eind van de tafel. Onbewust verkruimelde hij met zijn andere hand een croissant boven zijn bord. 'Godverdekut,' gromde hij binnensmonds.
'Wat?' vroeg Zoran die een stokbroodje met Angela's huisgemaakte aardbeienjam besmeerde.
'Waardeloze productie!' zei Jobst verongelijkt. 'Die vier yuppen hadden hier nooit moeten zitten! Die maken het veel te vrolijk. Nu lijkt het net of deze tent goed loopt. En dat willen we niet.'

‘We kunnen wachten tot ze weggaan. En vandaag nog wat beauties draaien?’ suggereerde Gilles.
‘We doen al drie dagen niks anders dan beauties draaien!’ stoof Jobst op. ‘We hebben genoeg zoemende klloothommels, afgebladderde luiken en ingestorte schijtbakken om een complete serie mee te vullen! We hebben nog drie draaidagen, dan moeten we terug. Maar die nono’s blijven nog de hele week.’
Aan het eenmanstafeltje onder de plataan ging het ondertussen opnieuw mis. Hiepstra wees beschuldigend op zijn glas.
‘Die jus d’orange komt uit een pak.’
‘Absoluut niet!’ zei Abel verontwaardigd. ‘Die is vers geperst! Gaat u maar mee naar de keuken, dan kunt u het zelf zien!’
‘Hm, het smaakt anders wel zo. Maar goed, breng mij nog maar wat van die kaas en die worst en nog een kannetje koffie. Dit keer wel warme koffie, graag.’
‘Laten we die vent draaien!’ fluisterde Zoran opeens. ‘Die zit constant overal over te zeiken. Dat is leuk. Die vier blije jopen hou ik wel buiten beeld.’
Jobst veerde op. ‘Lukt dat? Alleen die zeiksnor?’
Zoran tilde behoedzaam zijn camera van de stoel naast hem en legde hem op tafel. ‘En óf dat lukt,’ grijnsde hij en stelde, half verborgen achter een broodmandje, de lens scherp op de nietsvermoedende B&B-gast.

‘Heeft het gesmaakt?’ vroeg Abel toen hij het eenpersoonstafeltje kwam afruimen.
‘Mwoa,’ Hiepstra haalde zijn schouders op. ‘Ik heb het wel ’ns beter gehad.’ Met zijn kleine handjes griste hij snel de resterende croissants uit het mandje, rolde die in een servet en propte ze in zijn zak.
Abel wist niet zo gauw iets anders te zeggen dan ‘Bon appétit...’

Hiepstra greep een chocoladebroodje van het blad in Abels hand en nam een hap. 'Hoe laat begint die wijnproeverij?' vroeg hij kauwend.
Abel haalde zijn schouders op. 'Over een uurtje?'
Hij stond op. 'Oké. Het zal me benieuwen of het wat is, die wijn van u. Trouwens, ik loop even mee, dan kunnen we overleggen over vanavond.' Zonder antwoord af te wachten beende hij naar de mas en liep naar binnen.
'Erachteraan!' siste Jobst tegen Zoran. 'Alles meedraaien!'
Op een drafje holden Zoran en Gilles met camera en geheven microfoonhengel achter hun nieuwe held aan de keuken in.
'Bonjour!' riep Hiepstra.
Angela was druk met de lunch voor de crew, verbaasd draaide ze zich om. 'Bonjour.'
'Even over het eten vanavond...' Hij rekte zijn nek om langs haar heen de schalen op het aanrecht te kunnen zien. 'Voor mijn diner wil ik graag vooraf wat foie gras en daarna iets vissigs. Een pasta met vongole of zoiets. En verse groenten, maar wel echt vers. Daarna wat kaas en een dessert natuurlijk. En wat voor wijn heeft u? Vin de la region, zou wel leuk zijn. Een beetje de streek ontdekken qua wijn. Dat hoort erbij. Het diner is inbegrepen bij de kamerprijs, neem ik aan?'
'Dit is een B&B,' glimlachte Angela. 'Een bed en breakfast. Op een avondmaaltijd zijn we niet ingericht, we doen alleen ontbijt. Maar dat is dan ook zeer uitgebreid. Wilt u er morgen een extra eitje bij?'
'O?' Verbouwereerd knipperde Hiepstra met zijn paddenogen. 'Dus u zegt dat u vanavond niet iets te eten voor mij kan maken.'
'Nee, helaas...'
'Nou, mooi is dat. Zo'n grote moeite is dat toch niet, lijkt me...'
'Ja, sorry,' zei Angela. 'Daar hebben we niet op gerekend en nogmaals...'

‘Maar voor uzelf moet u toch ook eten maken?’ onderbrak hij haar. ‘En als een gast daarom vraagt, dan maakt u toch gewoon wat extra? Wat is dat nou voor moeite?’
Dit ging zelfs Abel te ver. Hij richtte zich op.
‘Sorry, meneer. Dat gaat niet,’ zei hij beslist. ‘Dit is een bed en breakfast. En breakfast betekent ontbijt, we serveren dus geen diner, snappez-vous? Maar in het dorp is een prima restaurant, de Bar du Marché. Daar kun je uitstekend eten.’
‘Huh!’ Hiepstra wierp zijn hoofd z’n nek. ‘Mooie boel! Je gasten een beetje het bos in sturen...’ Hij draaide zich om en verliet nog namopperend de keuken.
Jobst wierp een vragende blik naar Zoran. Die knikte en klopte geruststellend op zijn camera. ‘Ik heb alles.'
Heimelijk stak Jobst zijn duim naar hem op. ‘Bravo!’ fluisterde hij. ‘Dit is top-tv!’

***

Abel en zijn moeilijke gast stonden tegenover elkaar aan het wijnvat met flessen en glazen. Jobst en de crew waren de wijnkelder sfeervol aan het uitlichten terwijl Hiepstra verklaarde dat hij er geen problemen mee had om gefilmd te worden.
‘Filmt u mij gerust,’ zei hij vergenoegd. ‘Ik ben een zeer goede wijnproever, al zeg ik het zelf.’
‘Dat is mooi,’ zei Jobst. ‘Dan beginnen we meteen. Camera klaar? Geluid klaar?’ Hij klapte in zijn handen. ‘Actie!’
Zijn aanvalskreet galmde over de vaten in de wijnkelder, Zoran drukte op de rode knop en Gilles schoof zijn microfoonhengel uit tot boven de hoofden van de twee hoofdrolspelers rondom het wijnvat.
Hiepstra wreef in zijn handen. ‘Met welke Grand Cru gaan we beginnen?’

‘Ik maak maar één wijn,’ zei Abel. ‘Een hele bijz...’
‘Wát! Maar één wijn?’ Hiepstra draaide zich om naar de camera alsof hij daar bijval zocht. ‘Hij heeft maar één wijn, zegt ie.’ schamperde hij. ‘En dat noemt hij een,’ met zijn handen naast zijn schouders maakte hij een aanhalingstekensgebaar, ‘wijnproeverij.’ Hij wendde zich weer tot Abel. ‘Wat is dat voor onzin, man!’
‘Ik heb twee jaargangen,’ wierp Abel tegen. ‘En van elk van die twee een houtgerijpte en een niet houtgerijpte versie, dus dat is vier. En we proeven ook nog uit het vat.’
‘Belachelijk,’ vond Hiepstra. ‘Als je maar niet denkt dat ik daar voor ga betalen.’ Hij schoof zijn glas naar voren. ‘Nou, kom op. Schenk in.’
Achter de camera stond de lange regisseur zich te verkneukelen. ‘Yes!’ fluisterde hij. ‘Dit is top-tv! Ga door!’
Abel greep de fles en vulde de glazen. Hiepstra hief zijn glas naar het licht van een filmspot, kneep één oog dicht en bekeek de inhoud.
‘Hm,’ oordeelde hij na enige ogenblikken. ‘Wel erg rood.’
Abel sloot zijn ogen. Toen zei hij op vermoeide toon: ‘Het is rode wijn.’
Hiepstra bevroor en staarde Abel wantrouwend aan. ‘Neemt u mij soms in de maling?’
‘Nee,’ zei Abel onschuldig. ‘U hebt gelijk. Dit is rode wijn. Daar is geen speld tussen te krijgen.’
De camera registreerde in close-up hoe de pupillen van Hiepstra’s bolle ogen zich vernauwden en zijn mondhoeken afkeurend naar beneden bogen. ‘Ik ben gediplomeerd wijnproever, meneer,’ zei hij verontwaardigd. ‘Ik ben in bezit van het brevet Wijnproeven A en B van de Leidse Onderwijs Instellingen. Dus een beetje respect van uw kant lijkt me zeker op zijn plaats.’

Onderzoekend bleef hij Abel aankijken alsof hij verwachtte dat die zich kronkelend van schaamte ter aarde zou storten om de punten van zijn schoenen te likken. Maar dat gebeurde niet, want wat Abel betreft kon Hiepstra namelijk iets heel anders likken. En in weerwil van al zijn goede bedoelingen en al zijn beloftes aan Angela gaf hij toe aan het kleine rode duiveltje dat hem vanaf zijn schouder al enige tijd een gevaarlijk opruiend ideetje in zijn oor zat te fluisteren.
'Er is één wijn...,' zei Abel op geheimzinnige toon, 'die laat ik maar aan heel weinig mensen proeven...' Hij liet zijn stem dalen en voegde eraan toe: 'Die schenk ik alleen aan de echte kenners...'
'Nou,' snoof Hiepstra. 'Dat is dan tenminste iets. Het zal me benieuwen. Kom maar door.'
'Momentje dan.' Abel liep naar het einde van de kelder waar die verloren ging in de schaduwen en daalde een stenen trapje af. In de donkere gang viste hij, achter een laag muurtje bedekt met spinnenwebben, een fles zonder etiket tevoorschijn.

Tijdens een vorig project had Abel een paar flessen wijn gebotteld waaraan hij een dosis wietolie had toegevoegd. Bij het afvullen was het een en ander misgegaan, waardoor hij enigszins in het duister tastte omtrent de exacte dosering van de hallucinogenen.
Met de fles in zijn hand kwam hij de wijnkelder weer in. Dat zou die neterige paddenkop leren! In gedachten zag hij zijn kwelgeest al zo stoned als een garnaal tussen de vaten door zwalken. Hij kon een diabolisch glimlachje van voorpret niet onderdrukken.
'Voilà! Mijn Grand Cru!' Trots zette hij de stoffige fles op de ton en greep de kurkentrekker.

‘Haha!’ sneerde Hiepstra. ‘Een Grand Cru zonder etiket.’
‘Wacht maar...’ Met een geheimzinnige grijns vulde Abel hun glazen.
Hiepstra pakte zijn glas en hief het naar het licht. Plotseling realiseerde Abel zich wat hier dreigde te gebeuren. Hoeveel wietolie had hij eigenlijk in die fles gedaan? Wat als het te veel was en Hiepstra flipte en hier schuimbekkend over de vloer lag te rollen?!
Met een snelle beweging griste hij het glas uit Hiepstra’s hand. Even twijfelde hij, toen besloot hij het bewijsmateriaal te laten verdwijnen en sloeg het in één teug achterover.
Hiepstra’s ogen puilden nog verder uit zijn hoofd.
‘Wat...’ stamelde hij. ‘Wat is dít?!’
Met tranende ogen wist Abel er een vage glimlach uit te persen. ‘Ik wilde hem eerst zelf voorproeven. Je weet tenslotte nooit met zo’n oude wijn.’
‘Nou ja, zeg! De gotspe! En dit noemt u een wijnproeverij!?’ Hij draaide zich om naar de camera. ‘Meneer staat zijn eigen wijn op te zuipen! En noemt dat vervolgens een wijnproeverij! Nou, lekker dan!’
Regisseur Jobst maakte met zijn rechterhand heimelijk cirkelende bewegingen naar Zoran. ‘Doordraaien!’ fluisterde hij opgewonden. ‘Dit is top-tv!’
‘Laten we beginnen met een wat lichtere cuvée,’ zei Abel sussend. Hij vulde de glazen. ‘Dit is een simpele boerenwijn, zonder hout. En echte Vin de Pays. Hier proeft u puur het land en de grond.’
‘Ik maak zelf wel uit wat ik proef,’ bitste Hiepstra.
Abel boog zich over zijn glas en liet zijn neus over het oppervlak van de wijn cirkelen, snuffelend als een jachthond aan een vossenspoor. Hij voelde zich alsof iemand hem een heerlijk

warme trui aantrok van streelzacht sabelbont. In zijn borst kwam een bloem tot bloei van exotische allure. Met twee ellebogen leunde hij op de ton. Overmand door warme gevoelens keek hij zijn proefgenoot aan. 'Santé, mon ami,' fluisterde hij met een hemelse glimlach.

Hiepstra keek zijn gastheer bevreemd aan, maar concentreerde zich op zijn wijn.

Abel nam een slok en slikte die genietend door. 'Hmmm...' verzuchtte hij. 'Wijn... Wat is dat toch een prachtig product. Je proeft de aarde en de hemel tegelijk... Wat heerlijk om dit te mogen maken...' Dromerig verzonk hij in de aanblik van de robijnrode fonkelingen in zijn glas. Vervuld van diepe gedachten nam weer een slok en vervolgde: 'Weet je, gast, jij bent eigenlijk wel een hele rare vogel, vind je zelf ook niet? Lachen, man. Jij vindt alles kut.'

Argwanend keek Hiepstra op.

'Dat komt,' ging Abel door, 'omdat je geen moeite doet om het leuk te vinden.' Hij nam weer een slok en ging met zijn lange lichaam op zijn gemak tegen de ton hangen. Zonder dat hij merkte dat zijn Amsterdamse accent steeds sterker werd, zei hij: 'Dat is net als met kunst. Je hebt van die kunst weetjewel, die niet meteen jouw groove is. Dat heb je toch wel 'ns? Dat je voor een schilderij staat, en dat je denkt: waar gáát dit in godsnaam over? Maar als je dan een beetje moeite doet om het te snappen, dan krijg je het door. En dan krijg je d'r opeens een enorme kick van! Pieken, weetjewel. Alleen: dat moeite doen, dat is nodig! Want als kunst te makkelijk is, ja, dan is het geen kunst. En...' Hij onderbrak zichzelf om een slok wijn te nemen en genietend op te slurpen, '...dat is niet alleen met kunst zo, dat is met alles. Je moet er moeite voor doen! Uit je koker kruipen, gast. Uit je bubbel, weetjewel. Dan pas ga je dingen snappen...'

‘CUT!’ riep Jobst. ‘Dat kunstgelul hebben we niks aan,’ fluisterde hij tegen Zoran. ‘Die kleine moet weer pissig worden, dat is leuk.’
Hij kreeg meer dan hij had gevraagd.

Hoofdstuk 12

Abel keek op van de manshoge wietplant die hij aan het snoeien was. Ver weg kondigde motorgeronk de komst van Pierre's Harley Davidson aan. Snel stond hij op en liep over het bruggetje de wietgaard uit. Hoe goed bevriend hij ook was met Pierre, hij wilde liever niet dat de locatie van zijn illegale plantage bekend raakte.

Met zijn motor hobbelend over het karrenspoor tussen de wijngaarden kwam Pierre hem tegemoet denderen. Zijn blonde haar wapperend in de wind, want een helm dragen was voor watjes.

'Bonjour!' riep hij.

Abel stak zijn hand op.

Pierre stopte vlak voor hem en zette zijn motor uit. 'Zo. Lekker met je wiet bezig?'

'Mwoa,' hield Abel zich op de vlakte. 'Hoe is het?'

'Goed nieuws. Ik heb een vriend die een oliepers heeft. Hij kan je wiet persen.'

'Tja, eh...'

'Ja, tof hè? Wanneer kunnen we oogsten?' Afwachtend keek hij Abel aan in de hoop dat die niet in de gaten had dat hij ongemerkt was overgeschakeld op de we-vorm.

Abel voelde dat hij hier beter niets over kon loslaten, maar toch gaf hij antwoord. 'Het is bijna rijp, misschien over een week of drie...'

'Top. Dan kom ik met een paar man. Trekken we in één keer alles leeg.' Hij startte zijn motor en stak zijn hand omhoog voor een high five. 'Deal?'

Voordat Abel besefte wat er gebeurde, sloeg hij zijn hand kletsend tegen die van Pierre.

's Avonds in bed kon Abel de slaap niet vatten. Hoe moest hij dit ooit aan Angela vertellen? Zij was, om het maar even voorzichtig uit te drukken, geen fan van Pierre. Maar die vriend met een wietpers was een buitenkansje. En nu de B&B nog elke dag verlies draaide... Er moest toch geld in het laatje komen. Bovendien, wat kon er fout gaan?

***

De volgende ochtend na het ontbijt, toen Abel met een dienblad gebruikte borden terug de keuken inliep, botste hij pardoes tegen Hiepstra op. Door een kunstig uitgevoerde pirouette wist hij te voorkomen dat het serviesgoed op de tegels aan diggelen kletterde. Er ontglipte hem een reeks welgemeende 'Merde's', gevolgd door een haastig 'Excusez-moi!'

Hiepstra besteedde er geen aandacht aan. Met neerhangende mondhoeken legde hij een flyertje terug op de stapel VVV-folders in de fruitschaal. 'Nou, lekker wel. Geen ruk te doen hier.'

Abel zette het blad op het aanrecht. 'Dat valt wel mee, toch? We zitten hier in het hart van een gigantisch natuurgebied. Tweeduizend vierkante kilometer bossen, riviertjes en bergen. Je kan hier prachtige wandeltochten maken.'

'Ik zie anders nergens wandelkaarten.'

'Klopt. Die hebben we ook niet. Daarom is het hier zo lekker rustig. Maar als u dat leuk vindt, kan ik u vanmiddag wel meenemen. Ik weet een hele spannende plek...'

***

Hoog boven de bergen brandde de zon meedogenloos op de hoofden van de vijf wandelaars diep onder hem. Overal klonk het getjirp van de cicades, de Zuid-Franse krekels die zo'n goede schutkleur hebben dat je ze eigenlijk nooit ziet, alleen maar dat luie zomerse getjirp van ze hoort.
Hijgend en puffend probeerde Hiepstra met zijn korte beentjes Abel bij te houden. Onder het lopen veegde hij het zweet van zijn voorhoofd.
'Is het nog ver?' riep hij tegen de rugzak waar hij al veel langer dan hem lief was tegenaan keek. Al anderhalf uur lang marcheerden ze achter elkaar over een rotsachtig kronkelpad de berg op.
Abel keek naar de zon. 'Mwoa, nog een uurtje, denk ik.'
'Shit! Wat een eind, man! Waanzin, dit!'
Ook de televisieploeg, die hen op de voet volgde, had het zwaar. Jobst liep voorop, het opgerolde tv-script als een officiersstaf in zijn vuist. Hij zweette en nam onder het lopen regelmatig grote slokken uit een literfles cola. Hij werd gevolgd door Zoran die zijn zware camera met één hand aan de draagbeugel op zijn schouder droeg alsof die niets woog. De colonne werd gesloten door een hijgende Gilles, met zijn audioset in een soort canvas harnas voor zijn buik en zijn microfoonhengel als een banier in de lucht. Zijn glimmende hoofd was zo rood dat hij door tegenliggers voor een stoplicht kon worden aangezien.
Hiepstra bleef staan. 'Ik verzet geen stap meer als ik niet wat te drinken krijg.'
Abel hield halt, trok zijn veldfles uit het zijvak van zijn rugzak en draaide de dop eraf. 'Voilà.'
Hiepstra nam een slok en spuugde die meteen weer uit. 'Getver! Dat water is lauw!'
'Zeg, Abel,' zei Jobst, 'weet je zeker dat dit de kortste route is

naar die Tempeliersgrot van je?'
'Niet alleen de kortste,' grinnikte Abel. 'Ook de enige.'
'Dus voordat ze thuis waren, moesten die lui eerst tweeënhalf uur de berg op sjouwen.'
'Ja. Maar dit was hun geheime schuilplaats, hè? De Tempeliers werden vervolgd, toen. Ze waren te rijk geworden, de halve wereld zat achter ze aan. En ze hadden paarden. Kom.' Hij schoof zijn veldfles weer in zijn rugzak. 'Dan gaan we verder. Het is nog maar een klein stukje.'

Het pad voerde door een sparrenbos en kwam uit op een plateau van witte kalkrotsen. Een briesje nam de geur mee van hars uit de bomen en wilde tijm die overal tussen de stenen groeide.
'Hoor!' Abel bleef staan en stak luisterend zijn vinger omhoog. In de verte klonk het geluid van water. 'We zijn er bijna!'
Met gezonde tegenzin zette het groepje zich weer in beweging.

Na een halfuur afdalen over moeilijk begaanbare rolkeien eindigde het pad bij een beekje dat uitmondde in een klein bergmeer. Het zonlicht weerspiegelde op het heldere water. Je kon vissen over de bodem zien wegschieten.
'Wow!' riep Jobst. 'Ik zie beauties! Zoran, laten we de aankomst draaien. Abel, meneer Hiepstra, kunnen julie nog een keer aan komen lopen?'
'Ik peins er niet over!' Boos ging Hiepstra op een rotsblok zitten en begon de veters van zijn bergschoenen los te knopen. 'Ik ben kapot.' Met zijn hoofd gebaarde hij naar Abel. 'Film hém maar. Hij wou toch zo graag hier naartoe?'
Jobst sloeg zijn ogen ten hemel. 'Godverdegodver...'
'Maakt niet uit,' fluisterde Zoran. 'Hartstikke goed juist! We draaien ook dat die paddenkop niet wil.'

Nadat Abel vier keer opnieuw was komen aanlopen en weer was teruggestuurd omdat het volgens Jobst niet goed was, stond de scène erop.
'Nu wordt het pas echt te gek,' zei Abel.
Verstoord keek Hiepstra op.
'Daarachter,' Abel wees naar een plek waar het meertje verdween achter een rotsformatie, 'loopt het pad onder de waterval door. En dan kom je in de grot.'
Zoran sprong op. 'Wow! Een grot!' Hij zette zijn camera op zijn schouder. 'Te gek, man! Let's hit it!'

Achter elkaar liepen ze over het glibberige pad om de rotspartij heen. Na een hoop gezweet, gevloek en bijna-valpartijen, stonden ze voor een brede waterval die zich hoog vanuit de rotsen in het meer stortte.
'Daar gaan we doorheen!' riep Abel boven het watergedruis uit. 'Daarachter ligt de grot van de Tempeliers! Gaaf, hè? Moet je je voorstellen hoe die gasten op een lange rij op hun paarden door dit watergordijn stapten...'
Zoran haalde een waterdichte hoes uit zijn rugzak, ritste die over de camera en stak zijn duim op. 'Ready!
'Zeker niet ready!' riep Hiepstra. 'Gekkenwerk! Ik ben hier helemaal klaar mee! Ik wil dat u mij direct weer naar huis brengt.'
Woedend draaide hij zich om, maar hij gleed uit en met wild om zich heen maaiende armen sloeg hij achterover in het meer.
Abel sprong naar de plek waar hij te water was geraakt.
'Pak m'n hand!' schreeuwde hij en strekte zijn arm zo ver mogelijk naar hem uit.
'Draaien!' siste Jobst. Maar Zoran had de rode knop al ingedrukt en filmde het tafereel in close up. Gilles schoof zijn microfoonhengel uit tot maximale lengte en manoeuvreerde hem boven

het hoofd van de heftig spartelende B&B-gast. Dat viel niet mee want de stroom kreeg vat op hem en trok hem steeds verder het meer op. Hiepstra ging kopje onder.
Hoestend en proestend kwam hij weer boven.
'Help!' rochelde hij wanhopig. 'Ik kan niet zwemmen!' Meteen verdween hij weer onder water.
'Shit!' Abel gooide zijn rugzak af en kleedde zich uit. Spiernaakt dook hij het meer in en zwom met krachtige slagen naar de drenkeling. 'Kom,' riep hij boven het lawaai van de waterval uit. 'Er is niks aan de hand!'
Maar de kleine bergwandelaar was volledig in paniek en sloeg wild spattend om zich heen.
'Rustig!' riep Abel. Hij greep Hiepstra in zijn kraag en begon achteruit naar de kant te zwemmen. Met inspanning van al zijn krachten wist hij de heftig tegenspartelende Hiepstra naar de oever te slepen en even later stonden ze allebei hijgend uit te druipen op het rotspad naar de waterval.
Woedend balde Hiepstra zijn kleine handje tot een vuist en hief die dreigend omhoog naar Abel. 'Ik was er bijna geweest! Beseft u dat wel? U hebt mijn bijna-dood op uw geweten!'

Hoofdstuk 13

Alleen ontbijt, geen diner. Dat was huisregel één van B&B Mas des Anges. Maar voor de uitgeputte bergbeklimmers had Angela een liefdevolle uitzondering gemaakt. Bij terugkomst werden de mannen verrast door een overvloedig gevulde keukentafel. Schalen met rijk voorziene salades, truffelpasta, gegrilde groenten uit eigen moestuin, krakend vers stokbrood en een royale Plateau de fromages.

Abel spoedde zich naar de cave en kwam terug met een paar flessen van zijn beste rode wijn. Maar daar stak Jobst een stokje voor. 'Sorry hoor, maar ik wil eerst de eindscène draaien.' Hij wees naar de zon die op het punt stond onder te gaan. 'Ik schat dat we nog drie kwartier hebben, dan is het licht weg. Maar, no problem, dit draaien we zonder jullie, dus gaan jullie maar vast eten, dan komen wij straks als alles erop staat.'

'Als u hier zou willen gaan zitten,' zei Jobst tegen Hiepstra. Hij trok een stoel onder de buitentafel vandaan en zette die voor de pergola. 'In dit zachte avondlicht hebben we een prachtig totaalshot van u met de B&B op de achtergrond. In de filmwereld noemen we dit "The magic moment". Hier gaan we de eindscène opnemen.' Hij draaide zich om naar de soundman. 'Gilles? Kun jij je mike boven meneers hoofd hangen, tussen de druivenbladeren? Dan hebben we zijn tekst mooi close.'

Gilles verborg zijn microfoon tussen het gebladerte, de regisseur schoof zijn azuurblauwe bril in zijn haar en bekeek het shot

door zijn oogglas aan het koordje om zijn nek.
'Zoran? Ben je close genoeg?'
De cameraman stak zijn duim omhoog. 'Haarscherp!'
'Oké,' zei Jobst. 'Even een testje. Meneer Hiepstra, wat vindt u van deze B&B?'
Hiepstra had er zin in en ging meteen los. 'Wat een rampzalig oord dit. Die Abel is een absolute gek. Levensgevaarlijk. Echt een zooitje hier! Als ik ooit...'
'Ho! Stop!' kapte Jobst hem af. 'Perfect! Dit gaat heel goed. Niet al uw kruit verschieten nu, dan is straks als we gaan draaien de spontaniteit eraf.' Hij stak zijn hand op naar Zoran. 'Camera klaar?'
Angela kwam naar buiten. 'Jobst!'
Verstoord keek hij op. 'Niet nu! We zijn aan het draaien!'
'O, sorry! Ik wou alleen zeggen dat we er morgen niet zijn voor het ontbijt. We moeten naar de mairie en ik weet niet hoe laat we terug zijn. Maar we zetten alles klaar, je kan het zo pakken.'
'Ja ja, prima.' Ongeduldig wuifde de regisseur haar weg. 'Is goed. Ga nou maar eten. Wij vinden het wel als we klaar zijn.' Hij stak zijn hand op naar Zoran. 'Camera klaar? Geluid klaar? Actie!'
Met het opgerolde script in zijn hand maakte hij een draaiende beweging naar Hiepstra. 'Zegt u 'ns spontaan, wat vindt u van deze B&B?'
'Een rampzalig oord!' barstte Hiepstra uit. 'Die Abel is volkomen van het padje af. Een levensgevaarlijke gek als je het mij vraagt. Dat hele wijnproeven is een aanfluiting. Eerst zuipt hij alles zelf op en daarna is ie lam en begint hij je uitgebreid te beledigen. Je moet echt compleet gestoord zijn als je hier naartoe wil. Tenzij je een doodswens hebt, natuurlijk, hahaha. Ik kom hier in elk geval nooit meer terug. Wat een nachtmerrie dit, zeg. Ik betaal geen cent! Wat er ook gebeurt. Ze zouden MIJ moeten betalen!'

Na deze uitbarsting liet hij zich licht hijgend achterover vallen in zijn stoel en keek de regisseur met een voldane glimlach aan. 'Was dat een beetje wat u zocht?'
'Top!' riep Jobst opgewonden. 'Precies wat we nog nodig hebben. Kunt u nu het een en ander vertellen over de wandeltocht die u vanmiddag heeft gemaakt met de heer des huizes?'
Het was alsof je een jerrycan benzine over een brandende poppenwagen gooide. Hiepstra schoot overeind en ontplofte in een scheldkanonnade waar de honden geen brood van lustten. Toen hij zich eindelijk, rood aangelopen van kwaadheid, terug in zijn stoel liet zakken, draaide Jobst zich met een wrede grijns om naar Zoran en stak twee duimen op. 'It's a wrap!'
Zoran lachte zijn gouden tand bloot en zette de camera uit.

***

Omdat het de dag van vertrek was, kwam de televisiecrew de volgende ochtend al vroeg naar beneden.
'O, shit, da's waar ook,' zei Jobst toen hij het witte A-viertje op de keukendeur ontwaarde. 'Ze zijn er niet.' Hij nam zijn bril af en las hardop: 'Alles staat klaar. Neem zoveel je wilt. Tegen elf uur proberen we terug te zijn. Bon appétit, A&A, B&B.'

Aan de keukentafel deden Jobst en Gilles zich tegoed aan de yoghurt, de fruitsalade en de croissants die Angela had klaargezet, maar Zoran raakte zijn bord niet aan. Hij had zijn zware televisiecamera voor zich op tafel gezet en zat met een geconcentreerde frons op de knopjes te drukken, waarbij hij bezorgd door de viewfinder keek.
Uiteindelijk richtte hij zich op en zei weifelend: 'Ik geloof dat hij gisteren het laatste halfuur niet heeft opgenomen.'

Van schrik liet Jobst zijn bril in zijn koffie vallen. Met grote ogen staarde hij Zoran aan.
'You're joking!'
'Nee, echt. Er staat niks op. Geen idee wat het is. Een kapotte geheugenkaart, of een relais dat nat is geworden bij die waterval. Ik weet het niet. Hoe dan ook, van de eindtekst met die zeiksnor heb ik geen beeld.'
'Niks.'
'Nee, niks.'
Jobst bleef naar het onthutste gezicht van zijn cameraman kijken. Langzaam sijpelden de consequenties van deze mededeling de spelonken van zijn geest binnen.
'Niks…' Hij boog zich voorover en begroef zijn gezicht in zijn handen. Zo bleef hij zitten. Ongerust sloeg Zoran de ineengezakte figuur aan tafel gade.
Langzaam tilde Jobst zijn hoofd op en keek de cameraman met een doodvermoeide blik aan. 'We hebben de hele week alleen maar die zeiksnor gedraaid, Zoran. En dit was de sleutelscène. Die tekst van die vent, dat hij hier nooit meer terug zou komen. Dat was ons eindshot. En dat was ook ons verhaal. Als we dat niet hebben, hebben we niks.'
Zoran zuchtte.
Geruime tijd zaten de drie televisietijgers zwijgend aan tafel. De stilte hing als een donkere wolk boven hen.
Toen verscheen om de regisseursmond de koppige trek waarmee hij al menigmaal een rampzalig verlopen shooting op het nippertje had weten te redden. Hij hief zijn hoofd, keek zijn crewleden strijdvaardig aan en sloeg met zijn vuist op tafel: 'We draaien die hele slotscène opnieuw.' Hij wierp een blik op zijn horloge. 'We vliegen over twee uur, en het vliegveld is een uur rijden. Dus we moeten verdomd snel werken.'

Zoran greep zijn camera en testte het bedieningspaneel.
'Nu doet hij het prima. Wat mij betreft kunnen we.'
'Oké, let's go! Gilles, check jij of die vent al wakker is. Bonk anders op z'n deur. Hij moet meteen komen. This is an emergency!'
'Oké, chef!' Gilles stormde de trap op.

Even later kwam hij weer naar beneden, een verbaasde uitdrukking op zijn glimmend rode gezicht. Woordeloos staarde hij zijn collega's aan.
'En?' zei Jobst. 'Komt ie d'r aan?'
Langzaam schudde hij zijn hoofd. 'Dat denk ik niet.'
Jobst fronste geërgerd. 'Hoezo?'
Op een toon alsof hij droomde zei Gilles: 'Hij is dood.'
'Hè?!'
Gilles knikte in slow motion. 'Hij deed niet open. Ik ging naar binnen, hij lag in bed, helemaal wit. Zijn mond wijd open. Hij ademde niet.' De geluidsman knipperde met zijn ogen alsof hij het beeld uit zijn geheugen wilde wissen. 'Het zag er griezelig uit.'
Jobst verborg zijn gezicht in zijn handen en masseerde zijn pijnlijk vertrokken voorhoofd. 'Godverdegodverdegodver...'
Een tijdje bleef hij zo zitten. Een zacht gekreun ontsnapte aan zijn lippen. Plotseling richtte hij zich op.
'Gilles!' Hij keek naar de geluidsman als een drenkeling die land ziet. 'Hebben we audio?'
Gilles knikte. 'Ja. Net gecheckt. De audio werkte gisteren prima. Ik heb zijn hele verhaal.'
De regisseur keek zijn collega's beurtelings aan. 'Dan weet ik de oplossing...'

***

'Nee, iets meer naar links! Hij moet vóór de pergola zitten.'
De geschokte Zoran en Gilles hadden aanvankelijk mordicus geweigerd Jobsts plan uit te voeren, maar nadat de regisseur hen had ingepeperd dat hun inkomen de komende twee seizoenen voor een aanzienlijk deel afhing van het welslagen van deze pilot, hadden ze ingestemd.
Getweeën waren ze naar Hiepstra's kamer gegaan, hadden de dode man uit zijn bed getild en hem zo goed en zo kwaad als dat ging in zijn kleren gehesen. Daarna had Zoran hem onder zijn armen gegrepen, Gilles had zijn blote voeten gepakt, en zwetend van inspanning hadden ze de aangeklede overledene de trap af gesjouwd.
Nu hing de voormalig administratief medewerker uit Werumerschans scheef in een stoel voor de pergola, zijn hoofd voorover gezakt, zijn kin op zijn borst.
'Oké,' zei Jobst. 'Dit gaat lukken. We draaien het shot schuin van achteren. En in de studio zetten we de audio van gisteren eronder. Camera klaar? Geluid klaar? Actie!'
Zoran drukte de opnameknop in.
'Nou, meneer Hiepstra,' zei Jobst tegen de dode man in de stoel. 'Dat was het dan; uw bezoek aan de B&B van Abel en Angela. Wat vond u ervan? Heeft u het een beetje naar uw zin gehad?'
Zoran keek op van zijn viewfinder. 'Dit werkt niet,' riep hij verongelijkt. 'Hij zit veel te stil.'
'Ja, nogal wiedes. Hij is dood.'
'Laten we dan iets doen waarbij in ieder geval zijn hoofd beweegt. Dat jij vraagt of hij het vreselijk vond hier en dat hij dan ja knikt.'
'Goed idee,' zei Jobst. 'Gilles, jij kan buiten beeld op de grond voor Hiepstra op je buik gaan liggen en dan van onderaf, met

je hengel tegen zijn kin, zijn hoofd omhoog duwen en weer laten zakken.'
Dit ging de geplaagde geluidsman te ver. 'Ja, hallo, ik ben gekke Henkie niet,' protesteerde hij.
Jobst rolde met zijn ogen en zei op de geforceerd zachtmoedige toon van iemand die zich inspant om zijn geduld te bewaren tijdens een gesprek met een verstandelijk schaars bedeeld medeschepsel: 'Beste Gilles, die vent zit in elk shot. We hebben deze eindscène nodig. Anders hebben we namelijk een week lang voor Jan met de korte lul gedraaid. Dan is ons hele verhaal naar de kloten.'
'Ja maar dit gaat te ver, Jobst! Dit kun je niet maken, man!'
'Wat maakt het uit? Hij is toch al dood. We draaien hem van achteren. Ik stel mijn vraag, jij laat zijn hoofd bewegen en in de studio zetten we de audio eronder. Dan hebben we onze pilot compleet. Geen hond die het merkt.'
Korte tijd stonden de twee televisiemakers tegenover elkaar in een zwijgende stare down, totdat Jobst het winnende zetje gaf: 'Eén knikje maar, Gilles. Daar heb ik genoeg aan. Eén knikje en ik kan het digitaal repeaten.'
De geluidsman sloeg zijn ogen neer en ging met een diepe zucht voor de scheefgezakte dode op de grond liggen.
Zoran stelde scherp op de achterkant van Hiepstra's hoofd. Gilles stak zijn hengel omhoog en prikte die onder de kin van de onfortuinlijke B&B-gast.
'Even een test...' riep Jobst. 'Actie!'
Gilles duwde met zijn hengel, maar voerde zijn macabere opdracht iets te enthousiast uit.
'Zijn hele hoofd beweegt mee,' zei Zoran, kijkend door zijn camera.
'Juist goed! Dat is in het vuur van zijn betoog,' pareerde Jobst

dit bezwaar. 'Zo maakten ze vroeger Tjechische poppenfilms,' grinnikte hij ondanks de ernst van de situatie. 'We gaan draaien! Gilles, laat schudden die kop! Camera klaar?'
Ten bevestiging gromde Zoran een Slavische term die een zeer plastische beschrijving gaf van wat Jobsts moeder zoal deed met zwaargeschapen weidebegrazers.

Hoofdstuk 14

Opgewonden bellend ijsbeerde Angela over de binnenplaats. Binnen zat Abel met gebogen hoofd aan de keukentafel, zijn lange haar futloos langs zijn gezicht naar beneden. Met nietsziende blik staarde hij naar zijn groezelige tenen die uit zijn Birkenstocksandalen staken.

Zijn gedachten draaiden in kringetjes rond en kwamen steeds weer uit op dezelfde vraag: waarom? Waarom juist hier? Waarom bij ons? Moedeloos schudde hij zijn hoofd.

Achter zich hoorde hij het kralengordijn.

'Bonjour, Abèl!'

Met een droeve zucht keek hij op.

'Bonjour, Pierre,' groette hij mat.

Pierre trok de ijskast open en greep een fles rosé. 'Jij bent wel toe aan een roseetje zo te zien.' Hij pakte twee glazen uit de kast en ging naast Abel zitten. 'Wat is er?' vroeg hij terwijl hij inschonk. 'Ben je gepakt met je wiet? Moet je de bajes in?' Hij moest er zelf om lachen.

Abel schudde zijn hoofd. 'Het is niet leuk, Pierre.'

'Vertel.' Pierre nam een slok rosé.

Abel raakte zijn wijn niet aan. 'Een gast,' zei hij zacht, 'is hier vannacht overleden.'

'Merde.'

'Zeg dat, ja.'

'Hoe kwam dat?'

'Geen idee. Een kwartiertje geleden kwamen we thuis van de

mairie. Er was niemand. De filmploeg was weg. Angela ging naar boven om de kamers te doen. Toen vond ze die man. Dood in bed.'
'Merde. En nu?'
Hij schokschouderde. 'Wist ik het maar.'
'Daar kun je een hoop gelazer mee krijgen.'
Dat had Abel zelf ook al bedacht. Hij trok een trieste grimas.
Pierre maakte een hoofdbeweging naar het plafond. 'Ligt ie er nog?'
Abel knikte. 'Ik ben er niet aan geweest.'
Pierre dacht na. Toen boog hij zich naar Abel en fluisterde: 'We kunnen 'm laten verdwijnen.'
Abel deinsde achteruit. 'Wat?!'
'Ja, in de kalkgroeve. Met een graafmachine. Dan vinden ze 'm nooit.'
Angela kwam de keuken in. 'Bonjour, Pierre. Zo,' zei ze tegen Abel. 'Ik heb Jean-Claude gebeld en alles uitgelegd. Hij komt meteen hier naartoe met de gendarmerie en met dokter Bretteuil voor de lijkschouwing.'
'Te laat...' gromde Pierre tussen opeengeklemde tanden.

***

Het was allemaal voorbij voordat ze het wisten.
Dokter Bretteuil stelde de doodsoorzaak vast: hartfalen tijdens de slaap. Er waren geen verdachte omstandigheden en hij tekende ter plekke de overlijdensakte. Vervolgens legden twee stoere sapeurs-pompiers het slachtoffer op een brancard, klosten ermee de trap af en schoven hem in de ambulance.
Abel en Angela stonden met de armen om elkaar heen op de binnenplaats en keken hoe de deuren dichtsloegen achter hun

voormalige gast. Stil en zonder zwaailicht reed de ambulance de poort uit.
'Nou, dat was Hiepstra,' zei Abel.
Angela haalde diep adem en blies die weer uit met het geluid van een leeglopend luchtbed. Ze legde haar hoofd tegen Abels schouder. 'Holy shit...'
Zachtjes trok hij haar mee naar buiten. 'Kom, dan gaan we nog even zitten.'
Ze liepen naar het terras aan de achterkant.
'Wat een ellende,' verzuchtte Angela en ging op de rand van de oude waterput zitten. 'Ik hoop dat dit verder geen gevolgen heeft.' Vermoeid masseerde ze haar nek. 'Allemachtig... Als bekend wordt dat hier in onze B&B mensen overlijden, kunnen we de boel wel sluiten.'
In Abels hoofd zong de bruinfluwelen stem van Roberta Flack 'Killing me softly'. Hij grinnikte. 'Nou, het is een mooie manier om te gaan, in je slaap. We kunnen er onze specialiteit van maken: 'Mas des Anges, een stapje dichter bij de hemel...'
'Aab!' Angela's stem schoot uit. 'Kun je nou nooit 'ns serieus zijn? We hebben een probleem! De komende maand staat er geen enkele boeking gepland, met de wijn verdienen we geen pepernoot en we lopen achter met de hypotheek!'
'Ach schatje,' suste Abel, 'straks wordt die pilot uitgezonden. Dan krijgen we een eigen tv-serie en dan moet jij 'ns kijken! Net als dat Château weiland wordt onze mas een gigantisch succes. Boekingen stromen binnen! Echt!'
Angela sloot haar ogen en probeerde uit alle macht rustig te blijven.

***

Terwijl achter de heuvels de zon onderging in een explosie van lavendelkleurig paars, maakten Abel en Angela een avondwandeling door de wijngaarden. Op het houten bruggetje over de Cêze bleven ze staan. Met hun ellebogen op de brugleuning keken ze hoe in het snelstromende water een paar kleine vissen stilstonden in de stroom.
Op Angela's telefoon kwam een berichtje binnen.
'Ha! Een boeking?' Ze trok hem uit haar broekzak.
'Ach, kijk 'ns aan,' zei ze. 'Mail uit Hilversum.' Hardop las ze voor: 'Geachte mevrouw Jongbloed, nogmaals dank voor uw gastvrijheid tijdens de opnames voor de pilot van een eventuele televisieserie rondom uw B&B. Helaas zien wij op dit moment geen mogelijkheden een dergelijke serie te effectueren. Met vriendelijke groet, Annelie Gaarland, Stone Age Productions.'
Nadenkend keek ze Abel aan.
'Het gaat niet door, Aab.
Abel knikte peinzend. 'Ja, nee, ik hoor het.' Met zijn blik volgde hij twee zwaluwen die over het water scheerden. 'Jammer... Maar weet je, Poekie, dat vind je misschien gek, maar eerlijk gezegd ben ik er niet rouwig om.'
Verrast keek ze hem aan. 'Je wilde het toch zo graag?'
'Ja, maar ik vond het vooral ook een hoop heisa. Een stel van die druktemakers over de vloer... Nee, ik ben eigenlijk wel opgelucht. Ik vind het fijn dat we nu weer lekker van onszelf zijn.'
Glimlachend stak Angela haar arm door de zijne.

Hoofdstuk 15

'Ach, wat hangen mijn schatjes er weer mooi bij...'

Abel knielde tussen de wijnstokken en liet zijn hand strelend over de trossen glijden. Het was het begin van de zomer en de druiven, nu nog harde zure bessen, verkleurden van groen naar paars. Hij trok zijn snoeischaar. 'Het gaat me aan m'n hart, maar... Alles voor de wijn!'

Hij begon met het uitdunnen van de druivenvracht. Een tijdrovend werkje, maar het vooruitzicht dat de resterende trossen hierdoor zo sterk zouden worden dat bestrijdingsmiddelen overbodig waren, gaf hem vleugels.

Tegen het lunchuur had hij een groot deel van de wijngaard gedaan. Voldaan veegde hij het zweet van zijn voorhoofd en liep over het karrenspoor terug naar de mas.

Toen hij onder een oude eik doorliep stopte hij abrupt. In het gras lag een klein kastanjekleurig diertje. Het had maar een haar gescheeld of hij had het vertrapt. Hij bukte zich. Het lag opgerold op zijn zij; de oogjes gesloten, het hoofdje met een zachtroze neusje half verborgen achter zijn pluimstaart. Abel glimlachte vertederd. Een babyeekhoorntje! Voorzichtig schoof hij zijn hand onder het warme lijfje en tilde het op. De oogjes bleven dicht, maar de snorhaartjes naast zijn roze neusje trilden in het ritme van zijn adem. Met het slapende eekhoorntje in zijn handpalm richtte hij zich op en keek omhoog. Zat daar tussen het gebladerte een nest waar het uit was gevallen?

Aan de tafel onder de pergola zat Angela aan de koffie met buurvrouw Fifi Fusil.
'Abèl!' kraaide het kleine vrouwtje van verre. 'Bonjour! Wat heb je daar?!'
Hij hield zijn vuist tussen hen in en opende hem.
'Oooo!' Angela boog zich over het beestje in zijn hand. 'Wat een schatje!' Teder nam ze het eekhoorntje van hem over. 'Wat een lieverd! Waar heb je die vandaan?' Met een gestrekte wijsvinger streelde ze zijn zachtbruine vachtje.
'Hij lag naast de wijngaard onder een boom. Uit het nest gevallen denk ik, maar dat was nergens te zien. Dus heb ik 'm meegenomen.'
'Wow, dat neusje!'
De eekhoornbaby had zijn oogjes geopend en keek pienter om zich heen.
'Hij heeft vast honger,' zei Angela bezorgd.
'Hij is nog te klein voor nootjes,' zei Fifi. 'Je moet hem suikerwater voeren. Met een beetje melk. Heb je een zuigflesje?'
Angela schudde haar hoofd.
Fifi stond op en streek haar blauwgeruite keukenschort glad. 'Ik heb er ergens nog wel een. Ik haal hem even.'
Op haar pantoffels zette ze koers naar haar tomaatrode 'Sans permis' onder de plataan. Ze startte de motor en scheurde in deze Franse variant op de Canta met een verrassende snelheid de binnenplaats af.

***

Abel lag op zijn rug in het hemelbed. Met zijn ogen gesloten schudde hij de overblijfselen van de nacht van zich af. Restjes droom, ongrijpbaar als nevelflarden. Hij voelde dat Angela ook wakker was. Slaperig draaide ze zich naar hem toe. Hij sloeg zijn arm om haar heen en trok haar tegen zich aan.

Een halfuurtje later lagen ze weer naast elkaar, de adempauze die in films wel 'de sigaretscène' wordt genoemd. Abel streelde Angela's haar en bedacht dat dit misschien wel het juiste moment was.
'Schat,' zei hij zacht. 'Ik loop al een tijdje rond met iets dat me dwars zit.'
'O? Wat dan?' zei ze met haar ogen dicht.
'Het gaat om de wiet.'
'Ja?'
'Volgende week gaan we het oogsten.'
'Goed zo.'
'En dan gaan we er wietolie van maken.'
'We?'
'Ja, Pierre komt me helpen met de oogst.'
'Pierre!?' verbaasd opende ze haar ogen. 'Waarom?'
'Omdat ik het niet alleen kan. Een hectare! Dat kan ik in m'n uppie nooit op tijd voor elkaar krijgen, ik ben dolblij met zijn aanbod.'
Angela zuchtte. 'Maar waarom Pierre...'
'Hij bood aan om me te helpen. En hij heeft een vriend met een oliepers. Die kan het voor me uitpersen. Dan is de wiet weg, en hebben we olie om wietwijn te maken.'
'Hoeveel wietwijn?'
'Gewoon, een klein beetje.'
'Hoe klein is dat beetje, Aab?'
Abel probeerde de maximale hoeveelheid onschuld in zijn stem te leggen. 'Dat weet ik toch pas als we het geperst hebben?'
'Aab! Kijk in godsnaam uit dat we niet weer in zo'n nachtmerrie terechtkomen!'

‘Neeee! Schatje, natuurlijk niet! Pierre is een hardwerkende vakman. Dat weet je toch? Heeft hij ons niet overal mee geholpen?’
‘Abel, please... Doe voorzichtig. Beloof je dat?’
Hij boog zich naar haar toe en kuste haar lippen. ‘Schatje toch, “voorzichtig” is my middle name!’

***

De volgende maandagochtend stond Pierre om zes uur voor de poort. Hij zat achter het stuur van een Renault Mascott vrachtwagen en had vier ‘copains’ meegenomen waarvan Abel er twee vaag kende uit de Bar du Marché. Manou, een gedrongen kleerkast met stekeltjeshaar, net als Pierre gekleed in sportbroekje en t-shirt, en Bébé, een reus van een vent met een kaalgeschoren kop en een zwarte stoppelbaard. Op zijn indrukwekkende biceps een veelkleurige tattoo met de tekst ‘Maman’ omgeven door bloemslingers en felrode harten.
Pierre parkeerde op het karrenspoor voor de wietgaard en deelde werkhandschoenen en snoeischaren uit. Hij wees iedereen een rij toe en met z’n zessen gingen ze aan de slag.
Abel was blij met de doortastende aanpak van zijn vriend. Uur na uur oogstten ze grote bossen cannabis en schoven die achterin de vrachtwagen. Door het stroperige sap uit de losgesneden planten kwam over de akker een zware wietlucht te hangen zoals je die wel ruikt bij het passeren van een Amsterdamse coffeeshop. De mannen schenen er geen last van te hebben en werkten zwijgend door.
Ook Abel was druk aan het oogsten toen Pierre plotseling uit de planten tevoorschijn sprong en hem filmde met zijn telefoon.
‘Even lachen Abèl, voor Angela! Dan kan ze zien hoe hard we werken.’

Abel stak zijn duim op en zwaaide met een manshoge bos cannabisplanten naar de camera. 'Hallo schatje! Groeten uit de wietgaard!'

Tegen lunchtijd liepen ze terug naar de mas waar Angela de tafel onder de pergola had gedekt met salades, omelettes champignons, patés en een grote mand vers stokbrood. Reden voor Abel om, zoals hij het zelf noemde, 'een bescheiden flesje wijn' open te trekken, hetgeen in de praktijk bleek neer te komen op drie flessen rosé. De mannen aten en dronken met smaak, er werden grappen gemaakt en sterke verhalen verteld in het dialect van de streek. Aan het einde van de lunch serveerde Angela een tamelijk uitgebreide Plateau de fromages, waardoor de noodzaak ontstond voor het ontkurken van een flesje rood. Hierdoor werd de herstart van de werkzaamheden een tikje vertraagd, maar niettemin werd de wietoogst slechts een uurtje later dan de geplande 'klokslag twee' hervat, voor Franse begrippen geen slechte score.

Aan het eind van de dag werden de laatste planten van de akker gehaald en lag Abels volledige wietoogst opgestapeld in de laadruimte van de vrachtwagen. Abel en Pierre's mannen schudden enthousiast handen en sloegen elkaar op de schouders.
'Merci beaucoup, mes amis!' riep Abel hen dankbaar na. 'Best gewerkt! Tot snel!'
Pierre startte de motor. 'Ik rij meteen door naar de olieman. Dan kan die aan de slag.'
Abel stak zijn duim op. 'Hartstikke goed. Wanneer denk je dat hij klaar is?'
Zonder te antwoorden manoeuvreerde Pierre de vrachtwagen met zijn kostbare lading het pad af.

Hoofdstuk 16

'Djiezus!' Op het terras van de Bar du Marché ging Abel naast Angela zitten.
'Wat dan?'
Hij hield een papieren puntzakje omhoog. 'Zakkie pijnboompitjes. Vierentwintig euro!'
'Wát!?'
'Echt!'
Angela stond op. 'Waar?!'
Hij wees naar de drukke markt op het plein. 'Daar, bij die notenkraam.'
Ze trok het zakje uit zijn hand. 'Dat gaan we niet doen!'
'Maar Eekie is er dol op!' riep hij haar nog na, maar ze was al weg.
Even later was ze terug. Ze zette een aanzienlijk kleiner zakje tussen de koffiekopjes op hun tafeltje. 'Hier kan het ook mee. Het moet wel een feestje voor hem blijven.'
En een feestje was het. Eekie was inmiddels een maand bij hen en handtam. In de mas hopste het babyeekhoorntje vrij door de keuken, sprong van de tafel via de lamp op Abels schouder en verborg zich in zijn lange haar. Hij at uit de hand en sliep in een leeg wijnkistje gevuld met hooi en een geruite theedoek. Abel had er, op aanraden van zijn dochters, een filmpje van gemaakt en dat gepost op Instagram. Binnen een uur had zijn Eekiefilmpje duizend likes en de reacties waren overdonderend: 'Méér Eekie! Méér foto's! Méér filmpjes!'

Dat was niet moeilijk want het kleine eekhoorntje speelde al snel een hoofdrol in het leven van de familie Jongbloed. Toen de periode van het zogen met een zuigflesje voorbij was, had Abel een mini-picknicktafeltje voor Eekie geknutseld. Daar serveerde Angela hem elke ochtend een ontbijtje op van aardbeien, hazelnootjes, en in het weekend een handje pijnboompitjes. Allebei waren ze smoorverliefd op de kleine knabbelaar.

'Het lijkt wel of we weer een baby hebben!' lachte Angela toen ze Eekie, na een geslaagde sprong vanaf Abels schouder, vrij diep uit haar decolleté moest vissen.

'Dat hebben we ook!' Abel strekte zijn arm uit naar het eekhoorntje. 'Kom maar! Kom bij papa.'

Hop! Eekie nam een sprong, landde met zijn pluimstaart in de lucht op zijn hand en rende over zijn arm naar zijn schouder. Daar kroelde hij even rond en nestelde zich in Abels haar.

***

Eekie werd met de dag levendiger, maar was nog te klein om zelfstandig te overleven in de vrije natuur. Om hun vondeling meer ruimte te geven binnen de veilige muren van de mas, verhuisde Abel Eekies kistje naar het rommelhok naast de keuken. Nu had de kleine springer een veilige biotoop, waar hij naar hartenlust kon rondsporten door de takken waarmee Abel het kamertje had veranderd in een privébos.

Angela was dol op Eekie. Ze filmde elk sprongetje, elk geluidje en elk nootje dat hij knabbelde. Dagelijks plaatste ze nieuwe Eekiefilmpjes op social media. Stuk voor stuk gingen ze viral en Instagram-account Mas des Anges verzamelde in korte tijd

een kolossaal aantal volgers. Eekie was een regelrechte hit.
Op de Mas des Anges kwam postbode Hercule dagelijks de heuvel op fietsen met verkreukelde pakjes en enveloppen uit Nederland: geschenken voor Eekie van fans die zelfgemaakte Eekiemeubeltjes opstuurden, oudere dames die Eekiekleedjes haakten, en kinderen die van hun Instagramidool een tekening hadden gemaakt of met behulp van een wc-rolletje en bruingeverfde plukjes watten een driedimensionale versie van Eekie.
Maar er gebeurde nog iets. Door het succes van het levenslustige babyeekhoorntje werden duizenden mensen geattendeerd op het bestaan van B&B Mas des Anges.
De boekingen stroomden binnen.

Hoofdstuk 17

Abel zat op een omgevallen boom aan de rand van de wijngaard. Hij nam een hijs van zijn joint, hield de rook vast in zijn longen en blies die in twee grijze rookpluimen door zijn neusgaten weer uit. Hij glimlachte. Pip the Magic Dragon. Geïntrigeerd bestudeerde hij een kleine mini-dragon: een hagedisje dat een soortgenootje achtervolgde over een steen in de zon. Ach, dacht hij geroerd, kijk nou, de liefde ontrolt zich vlak voor je ogen. Het mannetje verovert een vrouwtje, ze bouwen een nestje, krijgen kleintjes en de cirkel des levens is rond…
Het achterste hagedisje beet de voorste in zijn staart. Die brak af en het staartloze diertje schoot weg in een rotsspleet. De bijter stond doodstil, maar het stuk staart dat aan weerszijden uit zijn bek hing, bleef heftig doorkronkelen. Terwijl Abel verbaasd toekeek, slikte het hagedisje met driftige kaakbewegingen de nog steeds spartelende staart stukje bij beetje door.
In de verte klonk het gerinkel van serviesgoed. Het ontbijt zat erop, nu restten het afruimen en de afwas. Geen geringe klus, want in de mas was het al wekenlang hartstikke druk. Door de immense populariteit van het babyeekhoorntje zaten alle vijf de kamers elke dag vol, je moest weken van tevoren reserveren om überhaupt kans te maken.
Gelukkig hadden ze sinds kort versterking: Dieudonnée, de achttienjarige dochter van Jean-Michel van de Boulangerie. Hoewel, versterking… Tijdens het drukke ochtenduur als iedereen tegelijk zijn ontbijt wilde, sjokte Dieudonnée als een zieke

kameel van de keuken naar de tafeltjes. Geen lachje kon eraf. Als zij er was, vond Abel, ging het werk moeizamer dan als ze er niet was. Ook deze ochtend had hij zelf weer dapper zijn partijtje meegeblazen en nu had hij vrij.
Maar niet voor lang, want aanstonds begon het knuffeluurtje.

***

Angela stond achter de keukentafel die tevens als barrière diende tussen haar en haar publiek.
'Ik wil jullie vragen, mensen,' zei ze terwijl ze haar blik over de B&B-gasten liet gaan, 'om stil te zijn en geen plotselinge bewegingen te maken, want daar kan Eekie van schrikken. Dus please, wees stil.' Ze boog zich over Eekies wijnkistje, stak haar hand onder de theedoek en haalde het eekhoorntje tevoorschijn.
Uit de groep klonken opgewonden geluiden.
Angela zette het beestje op haar schouder waar het rustig bleef zitten. 'Voilà, mensen. Daar is hij dan! Mag ik jullie voorstellen? Eekie de eekhoorn!'
Er werd geklapt en Angela keek in een woud van filmende telefoons. Eekie trok zich er niets van aan, nestelde zich behaaglijk in Angela's krullen en blikte met vrolijke kraaloogjes om zich heen.
'Eekie,' zei Angela, 'kom!' Ze strekte haar arm en opende haar vuist. Eekie schoot eropaf, griste het hazelnootje uit haar hand en rende ermee terug. Zittend op haar schouder begon hij het op te knabbelen waarbij hij kleine knorrende geluidjes van genoegen maakte.
Trots keek Angela in het rond. Uit de groep B&B-gasten voor de tafel klonken vertederde geluiden. Iedereen filmde of fotografeerde.

'Mevrouw,' vroeg een verlegen meisje met vlechtjes, 'mag ik hem aaien?'
'Helaas,' zei Angela. 'Dat gaat niet. Eekie lijkt wel tam, maar het is toch een wild diertje en hij zou angstig worden.'
Met een teleurgesteld piepstemmetje zei het meisje dat ze het begreep.
Achter haar bigde zich een grote vrouw naar voren.
'Mevrouw Jongbloed!' Ze had een figuur als een betonmolen en droeg een zakvormige jurk met herfstmotieven. In de loop der jaren was de huid onder haar kin wat losser gaan hangen waardoor iets was ontstaan dat je bij een aalscholver een keelzak zou noemen. 'Mevrouw Jongbloed,' gorgelde ze met een doorgerookte sigarettenstem. 'Ik heb hier een kamer geboekt om Eekie te zien. En daar hoort even aaien gewoon bij, hoor.' Ze draaide zich om naar de andere gasten. 'Dat vinden jullie toch ook?'
Hier en daar werd hoopvol geknikt.
'Geen denken aan,' zei Angela ferm. Ze liet het eekhoorntje zijn slaapkistje inlopen en trok de theedoek eroverheen. 'Zometeen begint de wijnproeverij. Als jullie naar buiten gaan neemt Abel jullie mee de wijnkelder in.'

Abel stond achter twee wijnvaten die tevens als barrière dienden tussen hem en zijn publiek. Hij haalde diep adem, wierp zijn haar naar achteren en stak een fles wijn omhoog.
'Dit...' hij liet een pauze vallen, '...is wijn.'
Verwachtingsvol keek hij de groep rond, maar de lach kwam niet, dus ging hij door. 'Het wordt gemaakt door druiven te plukken en die te laten fermenteren. Vandaag ga ik jullie laten zien en laten proeven, hoe dat in zijn werk gaat.'
'Doe mij maar een whisky!' riep een grapjas achteraan. Er werd

gelachen. 'Haha, die Henk, altijd lachen!' Twee kinderen renden joelend achter elkaar aan tussen de wijnvaten door. Vooraan begonnen een paar mannen een geanimeerd gesprek over speciaalbier.
Ongehinderd door deze stoorzenders deelde Abel blijmoedig glazen rode wijn uit.
Een vrouw met oranje orang-oetanhaar gaf haar glas terug. 'Ik lust geen wijn.'
Haar vriendin, gekleed in een afritsbare wandelbroek en een kalfsvleeskleurige fleece, weigerde eveneens. 'Voor mij alleen zoete witte wijn.'
Abel trok zich er niets van aan en begon met zijn kenmerkende Amsterdamse enthousiasme het productieproces van wijn uit te leggen.
Aan het einde van de wijnproeverij waren alle proefflessen leeggedronken en de crachoirs, de professionele spuugbakjes, waren ongebruikt gebleven: geen van de gasten had ook maar een druppel uitgespuugd.

***

Midden in de nacht werd Angela wakker gebeld. Slaperig graaide ze haar telefoon van het nachtkastje.
'Oui, âllo?'
'O, mevrouw Jongbloed!' klonk het aan de andere kant. 'Hier mevrouw Aendevaert van kamer Syrah. Sorry dat ik u stoor, maar kan uw man even komen? Ik heb mijn bril in de wc laten vallen...'
'Eh, ja, ik zal vragen of...'
'Wel graag meteen, want ik wil nog wat lezen!'
'Ik zal vr...'

'O, fijn. Dank u!' De verbinding werd verbroken.
Verbijsterd draaide Angela zich om naar haar snurkende echtgenoot. Zachtjes trok ze aan zijn schouder. 'Aab,' fluisterde ze.
Hij produceerde een gegrom als een grizzlybeer in winterslaap.
'Aab,' fluisterde ze weer. 'Of je bij mevrouw Aenmereet even haar bril uit de wc komt vissen.'

***

'Dat loopt goed, hè? Die B&B van jullie.'
Buurman Boudin, die Abel Zwijnekop noemde, leunde op zijn schoffel aan zijn kant van het stapelmuurtje dat hun wijngaarden van elkaar scheidde.
Abel keek op van de druivenstok die hij aan het opbinden was.
'Ja, het is druk,' beaamde hij. 'Maar het is ook een hoop gedoe.'
Zwijnekop haalde zijn schouders op in een gebaar dat vanzelfsprekendheid moest uitdrukken. 'Alles is gedoe. Het hele leven is gedoe. Maar zo'n B&B brengt wél geld in het laatje.'
Abel knikte. 'Dat is waar. Angela is er heel content mee.'
Zwijnekop schoof zijn pet naar achteren en wreef over zijn baardstoppels; Abel hoorde ze knisperen. 'Mijn vrouw zit er over te denken om het ook te proberen.' Hij keek Abel peilend aan.
'Doen!' zei Abel. 'Jullie mas is er groot genoeg voor. En wat je zegt: het brengt geld in het laatje.'

Hoofdstuk 18

Abel zette een onaangeroerd schaaltje pijnboompitjes op het aanrecht en zei mat: ‘De dag waarvan je wist dat hij zou komen…’

Angela schrok. ‘Nee! Eekie?’

‘Ik ben bang van wel. Hij verwildert steeds meer. Hij komt niet meer naar je toe, zelfs niet als je hem lokt met die dure pitjes. Hij verstopt zich meteen in een hoekje en komt niet meer tevoorschijn. Ik denk echt dat het moment daar is, Poekie. We moeten afscheid gaan nemen van ons kleine vriendje…’

Met een ladder over zijn schouder stak Abel de binnenplaats over. Hij zette hem tegen de stam van de plataan en klom naar boven. Angela kwam uit de keuken met Eekies lege slaapkistje en reikte het hem aan.

Hoog in de boom schroefde Abel het vast op een gevorkte boomtak. Het picknicktafeltje kwam in een hoek van het kistje, Eekies favoriete geruite theedoek ernaast.

‘Ik maak een heerlijk huisje voor hem!’ riep hij naar beneden. ‘Aan die doek herkent hij zijn nestgeur, dan voelt hij zich thuis en dan blijft hij lekker bij ons wonen!’

Angela stond onder de boom en hield het tegenspartelende eekhoorntje stevig tegen haar borst.

Abel kwam een stukje naar beneden en stak zijn hand uit. ‘Geef maar. Dan zet ik hem in zijn kistje.’

Zijn plan was om de ladder tegen de boom te laten staan en elke

ochtend naar boven te klimmen met een dienblaadje met een aardbei, een paar blauwe besjes, wat biologische hazelnootjes en in het weekend een schaaltje pijnboompitjes. Zo zou Eekie, in zijn woning hoog in de plataan, tot in de lengte der dagen bij hen blijven. Op termijn zou hij een vriendinnetje krijgen en kleine eekhoornbaby's. Misschien viel er wel eentje uit het nest en begon de cyclus opnieuw. Wat een fantastisch leuk vooruitzicht.
Dit alles vond echter niet plaats.

Op de hoogste sport van de ladder, zijn hoofd tussen de bladeren, stond Abel met een heftig tegenstribbelende Eekie in zijn handen. Hij strekte zijn armen naar het kistje en probeerde zich in evenwicht te houden.
'Daar ga je, kleine vriend,' zei hij tegen het beestje. 'Beloof je dat je bij ons blijft?'
Hij bracht het om zijn vrijheid worstelende eekhoorntje naar zijn gezicht om een symbolische afscheidskus op zijn snuitje te drukken. Maar zoals iedereen weet, draait in de liefde alles om timing. En dit was niet het goede moment. Abels liefkozing werd door het diertje opgevat als een ongewenste intimiteit. Het beet Abel gevoelig in zijn neus, nam een zweefduik de boom in en verdween tussen de takken. Abel slaakte een angstkreet, zijn voet schoot van de ladder en tevergeefs naar houvast graaiend stortte hij in de diepte.

***

Ondanks zijn gipsen been strompelde Abel elke ochtend de ladder op om een vers driegangenontbijtje voor Eekie in het kistje te zetten. Maar het diertje vertoonde zich niet. Abel liet zich hierdoor niet ontmoedigen en hees zich dagelijks met zijn manke poot en zijn volle dienblaadje de ladder op. Onvermoeibaar bleef hij de leeggegeten schaaltjes weghalen en er volle voor in de plaats zetten. Maar op de beelden van de webcam die hij had geïnstalleerd was duidelijk te zien dat al die ontbijtjes smakelijk werden opgepeuzeld door kraaien, koolmezen, boomklevers en ander gespuis. Eekie was in geen velden of wegen te bekennen.

Hoofdstuk 19

Eindelijk. Er werd opgenomen.
'Oui, âllo?' klonk het wantrouwig.
'Pierre?' riep Abel.
'Oui?'
'Ik ben het, Abèl!'
Het bleef stil.
'Hoe is het, man. Ik probeer je al dagenlang te bereiken. Was je ziek ofzo? Hoe is het m'n wiet? Is de olie klaar?'
'Wiet?' klonk het nors. 'Ik weet van geen wiet. Ik ken u niet, monsieur.' Zonder een woord werd de verbinding verbroken.

***

De wijngaard zuchtte onder de zomerhitte. Het was windstil, de druivenbladeren hingen slap van de warmte en zelfs de krekels hadden hun lome getjirp gestaakt. In de groene bladerzee leek het alsof er niets gebeurde, maar op de grond tussen de wijnstokken zat Abel. Hij had een rafelige strooien hoed op en was geconcentreerd bezig met het afknippen van overtollige druiventrossen. Zijn gedachten waaierden uit rond de vragen waar hij al nachten van wakker lag. Wat was er gebeurd? Waarom deed Pierre zo raar? Er was iets misgegaan met die wiet. Dat was zeker. Maar wat?
Plotseling klonk achter hem gerucht. Een schaduw viel over hem heen. Geschrokken draaide hij zich om.

‘Hey!’ riep Abel schor. ‘Pierre, man. Je laat me schrikken!’ Knipperend tegen de felle zon kwam hij overeind. ‘Waar was je!? Wat is er aan de hand?’
Pierre lachte niet. ‘Er is niks aan de hand. Maar jij moet mij niet gaan bellen en over wiet gaan lullen.’ Hij gooide zijn haar opzij, keek Abel fel aan. ‘Is niet handig. Toch?’
Verbouwereerd knikte Abel. ‘Ja, nee, tuurlijk, geen probleem. Maar hoe is het met m'n wiet? Hoeveel olie kwam eruit?’
Pierre schudde zijn hoofd. ‘Geen olie.’
‘Hè?’
‘Nee, die wiet, dat was niks. Die is weg.’
Verbijsterd staarde Abel hem aan. ‘Hoe bedoel je “weg”?’
‘Ik heb het net op tijd weg kunnen doen. Wees blij. Dat had nog goed fout kunnen gaan.’
‘Wat is er dan gebeurd? Vertel!’
‘Laten we d'r over ophouden. Soms zijn dingen gewoon weg.’
Pierre trok zijn telefoon en hield die voor Abels gezicht. ‘Dit is niet weg.’
Op het display zag Abel zichzelf in de wietgaard, vrolijk zwaaiend met een bos meterslange wietplanten.
‘We hebben in elk geval de foto's nog,’ zei Pierre. ‘En dit filmpje.’
Hij stak zijn telefoon weer in zijn zak. ‘Oké. Wij zijn vrienden, toch?’
Abel knikte mismoedig. ‘Dat waren we altijd wel, ja.’
‘Nou, daarom heb ik jou een vriendendienst bewezen. Ik heb je van je wiet afgeholpen. Nu moet jij mij een vriendendienst bewijzen.’
Niet-begrijpend keek Abel hem aan.
‘Jij bent Hollander.’
Abel knikte. ‘Ja?’
‘Ken jij een plaats die “Brabant” heet?’

'Tuurlijk. Dat is geen plaats, maar een provincie.'
'Maar je kent het.'
'Zeker.'
'Het barst daar van de boerderijen waar ze ecstasy produceren.'
'Hè?! Hoe kom je daarbij?'
Pierre maakte een honend geluid. 'Dat weet iedereen. Dat kun je elke dag in de krant lezen. Luister. Hier is dat niet te krijgen. Maar in Holland kun je het op elke hoek van de straat kopen. Ik heb geld. Ik wil dat jij daar naartoe rijdt en een flinke lading voor me ophaalt.'
'Wat bedoel je?'
'Gewoon: ik geef jou geld, jij gaat daar naartoe en je koopt een flinke partij ecstasy voor me.'
'Nee, man! Veel te link!'
'Onzin. Niks aan de hand. Holland heeft een gedoogbeleid. Alles kan daar. Jij bent Hollander, je spreekt de taal, je kent de mensen. Je rijdt ernaartoe, koopt dat spul en je brengt het naar mij. Zit geen enkel risico aan.'

Hoofdstuk 20

Tijdens het avondeten prikte Abel lusteloos in zijn chili sin carne. Ecstasy halen uit Nederland. Djiezus... Pierre was doorgedraaid. Hij had hem in de tang met dat klotefilmpje. Wat als hij daarmee naar de gendarmerie ging? Laatst had een thuiskweker in Beziers een jaar cel gekregen. Dit was een regelrechte ramp. En hoe moest hij deze ellende ooit aan Angela vertellen?

'Hoe is het eigenlijk met Pierre?' vroeg Angela plotseling.

Kletterend liet Abel zijn vork in zijn bord vallen.

'Pierre? Ja, nee prima,' stamelde hij.

'En de wiet?'

'Die is eraf.'

'Ja, dat weet ik. Pierre heeft het meegenomen naar die vriend die er olie van zou persen. Is dat nog gelukt?'

'Jazeker. Of nee, niet helemaal. Nee, dat is niks geworden.' Hij pakte zijn vork en boog zich over zijn bord.

'O? Hoezo dan? Het was een vrachtwagen vol, zei je nog.'

'Jawel, maarre... Het was droog. Hele droge wiet. Er kwam haast niks uit.'

Angela legde haar bestek neer en nam hem onderzoekend op.

'Abel Jongbloed. Waar ben jij mee bezig?'

Abel verborg zijn gezicht in zijn handen en leunde met zijn ellebogen op tafel. Met zijn hoofd naar beneden zat hij daar. Toen zuchtte hij diep en kreunde tussen zijn vingers door: 'We zitten in de shit...'

***

Toen Abel klaar was met zijn verhaal, bleef Angela hem een tijd lang zwijgend aankijken.
Toen stond ze op en verliet zonder een woord de keuken.
Abel sprong op en rende achter aan. 'Poekie! Wacht!'
Maar zonder haar pas te vertragen stak Angela de binnenplaats over en sloeg de hoek om.
'Poekie!' riep hij wanhopig.
Ze reageerde niet en liep door. Op het achterterras ging ze met opgetrokken benen op het stenen bankje zitten, sloeg haar armen om haar knieën en staarde in de verte.
Voorzichtig schoof hij naast haar.
Stil zaten ze onder de donker wordende hemel.
'Allemachtig...' fluisterde Angela na een tijdje. 'Lieve God... Hoe krijg je het voor elkaar...'
Abel zweeg en boog berouwvol zijn hoofd.
'En waarom?' zei Angela zacht. 'Waarom?'
Abel knikte. Dat had hij zichzelf ook afgevraagd.
'Net nu er eindelijk eens een keer iets goed gaat...'
Met gebogen hoofd knikte hij weer.
'Gaat die hele ellende nu weer van voren af aan beginnen? Wéér gedonder met criminelen? Ik heb het altijd al gezegd: ga niet met die Pierre in zee. En wat doe je?'
Abel knikte nog maar eens en produceerde er nu een brommerig geluid bij dat zowel instemming als spijt moest uitdrukken.
Onbeweeglijk als een stenen engel staarde Angela over de wijngaard.
Naast haar zocht Abel wanhopig naar iets om te zeggen, naar een reden, een verklaring of dan ten minste een goed verhaal. Maar zelfs het begin van een excuus kon hij niet bedenken. Af en toe nam hij zijn vrouw vanonder zijn lange haar tersluiks op, maar bij het zien van haar starende blik, vol droeve gelatenheid,

deed hij er elke keer, zichzelf vervloekend van machteloosheid, het zwijgen toe.
Nadat ze geruime tijd zo, samen maar toch alleen, op het bankje hadden gezeten, haalde Angela diep adem en rechtte haar rug.
'Oké,' zei ze ferm. 'Wat gaan we doen. Als ik het goed heb, heeft Pierre jouw wiet achterovergedrukt en heeft hij je in de tang met een filmpje waarop je wiet staat te oogsten.'
Abel ging rechtop zitten en haalde opgelucht adem. Het zwaarste gedeelte zat erop; zijn vrouw kwam nu in de aanpakmodus. 'Ja, dat filmpje...'
'En hij wil dat jij naar Nederland gaat om ecstasy voor hem te halen.'
'Ja.'
'Hoe ziet hij dat voor zich? Heeft hij daar een contact?'
Ondanks alles moest Abel lachen. 'Nee,' grinnikte hij. 'Hij kent helemaal niemand. Maar hij denkt dat je in Nederland op elke hoek van de straat ecstasy kan krijgen.'
Angela keek hem peinzend aan. 'Dus jij zou een dealer moeten vinden, dat spul kopen en het over de grens zien te smokkelen.'
'Dat is zijn plan, ja.'
'En dan delete hij dat filmpje en laat hij ons verder met rust.'
'Dat is wat hij zei.'
Angela schudde haar hoofd. 'Dat gaat hij natuurlijk niet doen. Eenmaal in de tang, dan houdt hij ons in de tang. Hij is een gek of een crimineel, of allebei. Dat komt dus nooit meer goed.'
Opeens werd het Abel te veel. Hij sprong overeind.
'Ik kán toch niet anders!?' barstte hij uit. 'Als hij dat filmpje naar de gendarmerie stuurt, ben ik de sjaak!'
'Verdomme!' Angela stond op. 'Die klotewiet! Waarom ben je er godbetert niet mee gekapt!?'

'Omdat Bonkers zei dat een kleine hoeveelheid legaal was, weet je nog wel!' riep Abel wanhopig. 'Daar was je zelf bij!'
Boos en machteloos stonden de twee geliefden tegenover elkaar. Vlammende ogen, hun vuisten gebald. Een minuut, twee minuten... Dat er in de zwartfluwelen hemelkoepel boven hun hoofd een paar miljard sterren flonkerden, ging geheel aan hen voorbij.
Plotseling wierp Angela met een strijdvaardige hoofdbeweging haar krullen naar achteren. 'Ik heb een idee.'

***

Edward Bonkers, hoofdinspecteur bij de Centrale Recherche Amsterdam, afdeling Internationale Drugscriminaliteit, had bij Abels eerdere experiment met wiet en wietwijn een weliswaar ambivalente, maar toch tamelijk intense relatie gekregen met Abel en Angela.
Toen Angela's naam verscheen in het display van zijn telefoon nam hij dan ook direct op. Na een korte informatie-uitwisseling over elkaars welzijn, kwam Angela ter zake en vertelde Bonkers over hun perikelen met Pierre en zijn wens tot het smokkelen van ecstasy.
Met een steeds breder wordende grijns luisterde Bonkers naar Angela's verhaal.
'Tjongejonge, die Abel van jou heeft wel een godgegeven talent om zich in de nesten te werken, zeg.' Hij schoot in de lach. 'Allemachtig... Maar, goed dat je mij belt, want ik denk dat ik jullie kan helpen.'
In de keuken van de mas stak Angela haar duim op naar Abel die gespannen stond mee te luisteren. Ze had goed gegokt.
Bonkers schraapte zijn keel. 'We zijn al een tijd bezig om een

groot drugssyndicaat te pakken te krijgen. Dat is aardig aan het lukken, alleen op één punt zet het O.M. ons de voet dwars: wij mogen niet uitlokken. Als we dat wel doen, is ons bewijsmateriaal ongeldig. Dus Abel komt voor mij als een geschenk uit de hemel. Hij past precies in het plan waar we, juist op dat ene punt na, groen licht voor hebben gekregen. Als Abel voor ons als pseudokoper kan optreden, dan hebben we de zaak rond. Dus dat zou fantastisch zijn. Luister: ik werk dit verder uit. We gaan het zo organiseren dat hij alleen maar een in-uitje hoeft te doen. Helemaal onder onze begeleiding. Hij loopt geen enkel risico.'

***

Vanbinnen was Pierre's caravan aanzienlijk ruimer dan hij vanbuiten leek. Abel en Pierre zaten aan een tafeltje met een onverwacht truttig kleedje. Aan de wand hingen ingelijste reproducties van het huilende zigeunerjongetje en van een herdershond die met fier opgeheven hoofd naar een oranjerode zonsondergang staarde. Boven hun hoofd schitterde een kapitale nepkristallen kroonluchter, tegen de wand stond een bruinhouten rek met een drietal jachtgeweren.

Abel keek door het raampje naar buiten. Hoge bergen afgegraven kalk blikkerden in de zon. Graafmachines en bulldozers stonden werkeloos bedolven onder het witte poeder. Aan het eind van het kalkplateau stond een met graffity bespoten stacaravan naast een aftandse bouwkeet. Alles bedekt met een laag wit stof.

'Je woont hier wel eh, hoe zal ik het zeggen... Apart...' zei Abel.

'Mwoa,' Pierre haalde zijn schouders op. 'Lekker rustig. Met niemand wat te maken.'

'Doordeweeks wordt hier toch gewerkt?'
'Jawel, maar overdag ben ik er nooit. En om vijf uur stoppen ze.'
Abel vroeg niet verder. 'Oké, die ecstasy. Laten we dit echt duidelijk afspreken: ik haal voor jou één keer een partij uit Nederland en jij delete dat wietfilmpje.'
Pierre knikte. 'Zo is het.'
'En daarna laat je ons met rust. Niet nog een keer ecstasy halen, of wat dan ook.'
Met verbaasde ogen keek Pierre hem aan.
'Natuurlijk niet. Dit is toch een vriendendienst? Ik heb wat voor jou gedaan, nu doe jij wat voor mij. Dan staan we weer gelijk. En ach,' hij grijnsde, 'dat filmpje is eigenlijk maar een lolletje. Dat haal ik zo van m'n telefoon. Geen probleem. Maar goed, als ik jou er een plezier mee doe...' Met een theatraal gebaar legde hij zijn hand op zijn hart. 'Ik zweer op het graf van mijn moeder dat ik dat filmpje zal deleten.' Vragend keek hij Abel aan. 'Zo goed?'
'Oké,' zei Abel. 'We hebben een deal.'
'Fijn. Maar nu dit.' Hij zette een kartonnen verpakking op tafel, een zwarte, glanzende doos met een afbeelding van een Nespresso-apparaat en twee schuimige cappuccino's in glazen kopjes.
'Ha,' zei Abel. 'Koffie.'
'Nee.' Met een geheimzinnige glimlach stak Pierre zijn hand in de doos. 'Dit...,' zijn hand kwam tevoorschijn met een dik pak geld met elastiekjes samengebonden, 'is mijn spaargeld.'
Hij haalde er nog een stel pakken uit en legde ze op tafel.
'Vijfenzeventigduizend euro. Hier heb ik heel lang, heel hard voor gewerkt.' Hij keek Abel peilend aan.
Abel stak zijn duim op. 'Bravo.'
'Deze poen,' ging Pierre door, 'ga ik investeren.' Hij keek op.

'En dat ga jij voor mij doen.'
'Oké...'
'Ik ken de prijs.' Hij klopte op de pakjes bankbiljetten. 'Hier kan ik zeker vijfenzeventigduizend pilletjes voor krijgen. En die kan ik straks voor tien keer zoveel verkopen.' Met een ernstig gezicht ging hij achterover zitten. 'Makkelijk.'
'Mooie winst,' beaamde Abel.
'Twee procent voor jou.'
'Merci.'
'Maar, Abèl...' Pierre boog zich over de tafel en keek Abel van dichtbij aan. 'Je hebt me gehoord: ik weet hoeveel stuff ik voor die centen kan kopen.' Hij liet een pauze vallen en voegde er dreigend aan toe: 'Dus naai mij niet...'
'Natuurlijk niet...'
'Goed zo.' Pierre stopte het geld terug in de doos, vouwde die dicht en schoof hem naar Abel. 'Voilà. Mijn levenswerk.'
'Mij kun je vertrouwen,' loog Abel en deed zijn best om er zo eerlijk mogelijk bij te kijken. Hij pakte de doos, maar Pierre liet hem niet los. 'Mijn levenswerk,' herhaalde hij dreigend. 'Het ligt in jouw handen. En ik wil een bonnetje.'

Hoofdstuk 21

De vroege ochtend was een moment waarop er op de Mas des Anges doorgaans een serene stilte heerste, hooguit voorzien van het getjirp van de vogeltjes of ergens ver weg een haan. Zo niet deze dag. De vijf kamers van de B&B waren allemaal bezet en om een of andere onduidelijke reden hadden alle gasten besloten dat ze om acht uur wilden ontbijten.

Angela stond bij het aanrecht gehaast koffie te zetten, sinaasappels uit te persen en croissants warm te maken, terwijl haar echtgenoot met lange passen en wapperend haar heen en weer draafde tussen de tafeltjes op de binnenplaats en de keuken. Met een dienblad met een speciale verrassing erop was hij op weg naar het achterste tafeltje toen hij werd geroepen.

'Meneer! Meneer!'

Abel ging vol in de remmen en draaide zich afwachtend om. 'Ja?'

Het was mevrouw Decouwe van kamer Merlot.

'Wij hebben geen plantje!' Verontwaardigd wees ze op de belendende tafeltjes waar Abel, ter verhoging van de Provençaalse feestvreugde, een bloempotje met een lavendelplantje op had gezet.

Meneer Decouwe knikte instemmend. 'Ja, sorry, hoor, dat gaat misschien nergens over, maar dat is toch ráár? Iedereen heeft zo'n plantje en wij zitten hier zonder. Ja, nee, het spijt me, maar dat vind ik dus echt niet kunnen…' Met mes en vork in de aanslag stortte hij zich weer op zijn stokbrood met eieren. De

rest van zijn protest ging ten onder in gesmak en rondvliegende stukjes eiwit.
'Komt goed!' riep Abel en vervolgde zijn weg naar de heer en mevrouw de Beer. Ze hadden een eensgezinde gelaatsuitdrukking waarvoor nog geen emoji was uitgevonden, maar die zeker viel in de categorie 'Rupsje nooitgenoeg'. Ze hadden gekozen voor het tafeltje dat het verst verwijderd was van de andere gasten en wachtten al enige tijd ongeduldig op hun ontbijt. Eindelijk kwam de heer des huizes dan hun kant op.
'Uw ontbijt is klaar!' riep Abel van verre. 'Voilà!' Trots legde hij met een gebakstang een modderkleurig baksel op hun borden. 'Zo uit de oven, ze zijn nog warm!'
Madame de Beer fronste haar wenkbrauwen, boog zich naar voren en bestudeerde Abels delicatesse alsof het iets was dat op de stoep voor een sexclub lag. Toen richtte ze zich op en keek Abel over de rand van haar bril aan.
'Wat is dit?'
'Brandnetelkoek. Zelfgebakken.' Voldaan deed hij een stapje achteruit en voegde er ter geruststelling aan toe: 'Puur brandnetels uit de wijngaard met een klein beetje bloem. Biologisch weetjewel! Hartstikke gezond!' Hij zakte een stukje door zijn knieën alsof hij ging zitten. 'Goed voor de stoelgang. Ik haal meteen de rest. Eén minuut!'

Een kwartier later zette Abel een dienblad met koffie, jus d'orange en croissantjes op tafel. De brandnetelkoek van madame de Beer lag nog onaangeroerd op haar bord, maar monsieur de Beer had hem tot de laatste kruimel verorberd. Hij had zijn kunstgebit uit zijn mond genomen en peuterde met een tandenstoker kleine bruine stukjes tussen de tanden uit. Daarna hield hij de punt van de tandenstoker voor zijn ogen, bestudeerde elk stukje aandachtig en at het vervolgens met smaak op. 'Die kleine harde stukjes zijn het lekkerst,' mummelde hij. 'Doet u mij nog maar zo'n koek.'

'Ze vonden ze hartstikke lekker!' kwam Abel de keuken weer in.
'Eindelijk!' lachte Angela. 'Fijnproevers in da house!'
'Ja, ja, lach jij maar...'
'Ik ben al blij dat ze niet gestikt zijn in die vezelige krengen. Dan had je mond-op-mondbeademing moeten toepassen op monsieur de Beer. En misschien wel per ongeluk zijn kunstgebit ingeslikt!'
Abel moest lachen. 'Genade!'
'Even over Pierre en je tripje naar Nederland. Heb je een datum afgesproken?'
'Ja. Morgen vertrek ik.'
'Nee! Morgen al?!'
'Dan is het maar gebeurd.'
'Nee! Lieve schat, met de B&B zitten we midden in het seizoen! Dat kan toch niet? Het is hartstikke druk. Alle kamers zijn volgeboekt en Dieudonnée heeft opgezegd, die komt niet meer. Als jij nu weggaat, sta ik er alleen voor.'
'Shit!' Fronsend krabde Abel in zijn haar. 'Niet aan gedacht.'
'Bel hem op! Als het een week later kan, hebben we de tijd om iemand te vinden om te helpen.'
'Ja, hij ziet me aankomen...'

***

Ondanks het vroege uur had buurman Zwijnekop de komst van zijn bezoeker aangegrepen om twee forse glazen rode wijn in te schenken. Abel had iets te bespreken met het wijnboeren-

echtpaar. Ze hadden plaatsgenomen aan de tafel in hun keuken tegenover de manshoge open haard.
Abel nam een delicaat nipje en zette zijn glas weer op het plastic tafelkleed. Hij kende dit robuuste product van zijn buurman en wist dat het onvermijdelijkerwijs tot maagzuur en oprispingen zou leiden.
'Hij is lekker, je wijn!' prees hij.
Buurman Zwijnekop gromde instemmend en dronk zijn glas in één teug leeg.
Zorgvuldig zijn woorden kiezend legde Abel uit dat hij een paar dagen weg moest, dat Angela hulp nodig had in de B&B en of monsieur en madame Zwijnekop er iets voor voelden om in die periode een handje te helpen.
'Hoe bedoel je dat?' vroeg buurman Zwijnekop argwanend.
'Nou, omdat u laatst zei dat u het wel 'ns wilde proberen, zo'n B&B.'
'Maar wat moeten we dan doen?' wilde madame Zwijnekop weten. Je hoort wel dat baasjes op hun hond gaan lijken, maar in dit geval was mevrouw op haar man gaan lijken. Ze was fors gebouwd en doortastend van aard, maar haar gezicht had dezelfde wantrouwige uitdrukking als boer Zwijnekop. Haar kapsel leek op een ontplofte stofzuigerzak en Abel had haar nog nooit anders gezien dan in haar blauw gebloemde huisschort. Ter linkerzijde van haar neus bevond zich een dikke zwarte wrat die ze zelf een 'tache de beauté' noemde. Abel kon zijn ogen er maar moeilijk van afhouden. In het begin had hij weleens gedacht dat het een rozijn was, die aan haar wang was blijven kleven na een iets te gulzig genuttigd ontbijt. Hij had hem toen nog met een beleefd gebaar van haar wang willen vegen, maar op het laatste moment was hij gaan twijfelen en had die impuls onderdrukt.

'Ach, zo'n B&B lijkt meer dan het is,' stelde hij haar gerust. ''s Ochtends samen met Angela het ontbijt maken en weer afruimen en als u dan een handje kan helpen met de was en het strijkgoed, dan is dat het wel. En,' voegde hij er slim aan toe, 'voor u is het een mooie gelegenheid om te kijken of zo'n B&B u zou bevallen. En we betalen uw uren natuurlijk...'
'Hm,' knikte madame Zwijnekop, 'dat zou ik best 'ns willen proberen. Wat vind jij, Jépé?'
Zwijnekop gromde iets onverstaanbaars.
Abel maakte van zijn buurmans denkmoment gebruik om zijn wijn heimelijk iets dichter naar de reddende bloempot in de vensterbank te schuiven.
'Ik heb het al druk zat,' zei Zwijnekop van wie bekend was dat hij een broertje dood had aan elke vorm van arbeid.
'Vergis u niet,' zei Abel tegen hem. 'U, als succesvol wijnproducent, zou mooi de wijnproeverijen kunnen doen voor de gasten!'
Zwijnekop fronste verbaasd. 'Wie? Ik?'
'Ja! U! Dan kunt u ze ook uw eigen wijn laten proeven! En die toeristen kopen dozen vol!'
Buurmans oogjes onder zijn borstelige zwijnewenkbrauwen begonnen te glinsteren. Hij krabde achter zijn oor. 'Tja, ik zou natuurlijk kunnen kijken of ik daar tijd voor kan vrijmaken...'
'Het is maar voor een paar dagen,' zei Abel. 'Vrijdag ben ik weer terug.'

Hoofdstuk 22

Op de stoep voor de boulangerie pikte een duif kruimeltjes stokbrood van de grond. De deur ging open, de duif vloog op en Jean-Claude kwam naar buiten met een bos stokbroden onder zijn arm. Hij wilde in zijn kanariegele Renault Express stappen toen hij Abel op het terras van de Bar du Marché zag zitten. Hij trok het portier open, gooide het brood naar binnen en liep naar hem toe.

'Bonjour, Abèl!

Ze schudden handen.

'Bonjour, monsieur le Maire,' lachte Abel. 'Koffie?'

Jean-Claude trok een stoeltje bij en ging zitten.

Jean-Luc kwam uit de bar met twee Grand Crèmes. 'Zo jongelui, ik dacht dat jullie hier wel aan toe waren...'

Nadat de drie mannen vrij langdurig de wereldpolitiek hadden doorgenomen en hadden vastgesteld dat iedereen buiten Frankrijk leed aan een verstandelijke beperking en een bedreiging vormde voor de menselijke soort, ging Jean-Luc weer naar binnen.

Zwijgend keken de twee vrienden naar de petanquespelers op het jeu-de-boulesbaantje aan de overkant van het plein. De Franse driekleur boven de mairie hing slap omlaag en af en toe woei een briesje een vleugje fijne waterdruppeltjes uit de met mos begroeide fontein hun kant op, verder gebeurde er niet veel.

Jean-Claude schraapte zijn keel. 'Hoe is het eigenlijk met dat

eekhoorntje van jullie?'
Abel veerde overeind. 'Nee! Jean-Claude! Genade! Begin jij nou niet ook over Eekie!'
Verbaasd keek hij op. 'Hoezo?'
'Ik word gek van dat eeuwige gelul over Eekie! Nadat we hem hebben losgelaten, hebben we dat beest nooit meer gezien! En nog steeds begint iedereen als eerste over die eekhoorn te miepen! Kappen nu!'
Jean-Claude schoot in de lach. 'Jullie worden gegijzeld! Door een babyeekhoorntje...' Toen hij eindelijk was uitgelachen, zei hij hoofdschuddend: 'Zo zie je maar, hoe succes ook tegen je kan werken.'
'Breek me de bek niet open,' zei Abel bitter. Hij dacht aan het feit dat hij inderdaad werd gegijzeld. En wel door een gek geworden Pierre. Hij gooide het snel over een andere boeg. 'Morgenochtend moet ik voor een paar dagen naar Nederland. Als jij tijd hebt, zou jij dan af en toe even in de wijngaard willen kijken of alles goed gaat?'
'Tuurlijk. Geen probleem. Zo met de oogst voor de deur kun je niet voorzichtig genoeg zijn. Ik zal als een leeuw waken over je druifjes.'
'Top! Merci beaucoup.'
'Geen probleem, maar Abèl...'
'Ja?'
'Zou jij misschien een pot pindakaas voor me mee kunnen nemen? Fabienne is er dol op. Enne...'
'Ja?'
'Liever geen stroopwafels meer, alsjeblieft.'
Abel lachte. 'Hoezo? Die vinden jullie toch lekker?'
'Neee! Al die Hollanders die iets op de mairie te regelen hebben, komen allemaal aanzetten met zo'n pak van die kleffe krengen.

Onze keukenkast staat er inmiddels vol mee!'
Abel stond op. 'Maak je geen zorgen, mon ami. Ik beloof dat ik géén stroopwafels voor je meeneem. Alleen pindakaas. Allez, tot over een week!'

***

'We zijn zó benieuwd, ik kán niet wachten!'
De vrouw die achter Angela aan de trap op sjokte, had een avocadovormig figuur en hijgde hoorbaar. Ze werd gevolgd door haar echtgenoot, een zware man in een meloenkleurige broek en een ruimvallend hemd met korte mouwen.
'Nou, wachten hoeft niet meer,' zei Angela. 'Want we zijn er!' Trots hield ze de deur open voor de nieuwe gasten.
'De Chambre Royal! De mooiste kamer van de B&B.' Ze wees naar het plafond. 'Die kristallen kroonluchter en deze antieke badkuip komen uit een kasteel in Vézelay. En kijk, die vergulde leeuwenpoten.' Ze liep naar het raam. 'Jullie hebben een prachtig uitzicht over de wijngaarden en daar in de verte kun je de bergtoppen van de Alpes Maritimes zien.' Verwachtingsvol keek ze naar haar gasten, wachtend op de stroom van complimentjes die ongetwijfeld zou volgen.
Maar de twee waren blijven staan in de deuropening.
'Ja,' zei de vrouw. 'Leuk. Maar waar is Eekie?'

***

Schoongewassen en klaar voor de strijd stond het met bloemstickers beplakte oranje campertje op de binnenplaats. De ontbijtservice zat erop, de gasten waren vertrokken en Abel was, zoals hij het zelf omschreef, "Ready to roll."

Voor het busje sloeg hij zijn armen om Angela heen en trok haar tegen zich aan.
'Dag lieve schat van me, het is zover. Ik moet gaan.' Hij kuste haar lippen. 'Zul je je niet te veel zorgjes maken?'
Ze omhelsde hem. 'Doe je in godsnaam voorzichtig, lieverd? Ik wil graag nog héél lang bij je blijven, dus kom svp zo snel mogelijk en helemaal heel bij me terug.'
'No worries, Poekie,' lachte hij. 'Komt goed. Over een paar dagen kan ik je weer in mijn sterke armen sluiten.' Zachtjes maakte hij zich los uit hun omhelzing. 'Maar nu moet ik gaan. Dag lieve schat, je t'aime...'
Hij gaf haar een laatste kus, stapte in het busje en startte de motor. Met zijn geheven vuist in een triomfantelijk gebaar uit het raampje reed hij de poort uit. In zijn spiegeltje zag hij hoe Angela naar hem zwaaide. Ze leek opeens erg kwetsbaar.

'Born to be waiaiaiaild...' De ramen open, zijn haar wapperend in de wind, reed Abel luidkeels meezingend met Steppenwolf over de A9 richting Lyon. Naast hem op de passagiersstoel lag het slordig opengescheurde lunchpakket dat Angela voor hem had gemaakt. Met één hand aan het stuur grabbelde hij er een baguette chêvre met tomaten uit, nam een hap en zong met een extra ruige gromstem: 'Lookin' for adventure... And whatever comes my way... Born to be waiaiaiaild...'

Abel reed in één ruk tot aan Dijon. Aan het einde van de dag stopte hij bij een pompstation en bracht daar de nacht door in zijn campertje tussen de tientallen vrachtwagens die hoog om hem heen oprezen.

De volgende ochtend ontbeet hij in het pompstation met koffie die smaakte alsof een dakloze er zijn slaapzak in had gewassen en een croissant die niet, zoals het hoort, halvemaanvormig was, maar recht en zo taai als de penis van een zeekoe. Niettemin stapte hij daarna monter in zijn campertje en manoeuvreerde tussen de vrachtwagens door de A31 op voor het laatste stuk naar Breda.

Omdat hij Angela tijdens het drukke ontbijtuur niet wilde storen, belde hij haar pas rond elven. Haar telefoon ging een aantal malen over, maar er werd niet opgenomen.

Hoofdstuk 23

De rijzige man die door de deuren van het Campanile Hotel Breda stapte, had blond haar dat sluik over zijn voorhoofd hing en bij de slapen was weggeschoren, een gezicht als een bijl, met een lange, benige neus en oplettende grijsblauwe ogen. Zonder te groeten liep hij langs de receptie en ging het restaurant binnen. Daar bleef hij staan en liet zijn blik over de aanwezigen glijden. Lang hoefde hij niet te zoeken. Tussen de massa zakenmannen was de man met het jezushaar en oranje t-shirt makkelijk te herkennen.

'Bonkers!' Abel stond op, de mannen begroetten elkaar als vrienden.
Bonkers ging tegenover Abel zitten. 'Tijd geleden.'
Abel knikte. 'Dik een jaar.'
'Dan ben je er in dik een jaar in geslaagd om jezelf weer flink in de nesten te werken.'
De serveerster kwam, Bonkers bestelde een Spa rood. 'Jij bent niet blij met jezelf, denk ik.'
Abel glimlachte zuinig. 'Niet echt, nee.'
'En nu zit je dus in de tang bij die Pierre. Hoe kom je nou toch weer aan zo'n linkmiechel, man?'
'Tja...'
'Ik heb 'm laten checken. Niks over bekend. Een kamper, geen strafblad. Hij heeft Wapenvergunning B voor zware wapens.'
Abel haalde zijn schouders op. 'Dat hebben ze allemaal daar.'

Bonkers nam een slokje van zijn bruiswater. 'Misschien is het ook een beetje mijn schuld dat we hier nu zitten. Ik heb destijds gezegd dat kleinschalig wietwijn maken geen probleem was.'
Abel grijnsde mat en ging er niet op in.
'Dat is het ook niet,' ging Bonkers door, 'zolang je niet in zee gaat met de verkeerde mensen.'
Abel maakte een geluid dat van alles kon betekenen.
'Maar ik ben er blij mee,' zei Bonkers. 'Want nu kun je ons helpen een dikke vis op de kant te trekken. Een invloedrijke drugsbaas waar we al een hele tijd achteraan jagen.'
'Da's fijn voor jullie,' zei Abel cynisch. 'Dan hebben jullie je dikke vis en ik lig straks met een kaartje om m'n grote teen in het mortuarium.'
'No way. Dit wordt een strak georganiseerde operatie. Het kan heel snel gepiept zijn. Jij hoeft alleen maar de ecstasy in ontvangst te nemen, wij pakken onze boef en jij kan weer naar huis. Niks aan de hand. We begeleiden je van begin tot eind. We plaatsen een onzichtbaar speldenknopmicrofoontje in de kraag van je hemd, we luisteren alles mee. Ons busje staat in de buurt en we grijpen direct in als dat nodig is. Je loopt geen enkel risico. Ik zal je straks de details uitleggen.' Hij keek Abel over de rand van zijn glas aan. 'Je hebt vijfenzeventigduizend euro meegekregen?'
'Yep.'
'Waar zijn die?'
Met een grijns tilde Abel een versleten rugzak van de stoel naast hem. 'Voilà.'
'Mooi, daar komt hij z'n bed wel voor uit.'
'Oké, stel: jullie pakken hem...'
'Dat gaan we zeker doen.'
'Ja, prima, maar hoe lossen we dat op met Pierre in Frankrijk?

Die heeft me nu in de tang.'
'Ook geregeld. Een goede vriend van mij zit hoog in de boom bij de Police Nationale. Zij pakken Pierre.'
'Gegarandeerd?'
'Tweehonderd procent. Ik zal daar zelf bij zijn.'
'En wat als hij weer vrijkomt?'
'Haha, met die straffen die er in Frankrijk op drugshandel staan? Tegen de tijd dat hij vrijkomt loopt hij met een rollator.'
Abel speelde met het papiertje van zijn suikerklontje en keek zonder iets te zien uit het raam. Hij dacht aan de mas, en aan Angela, en de B&B. Ik ben de lul, peinsde hij. Linksom of rechtsom, ik ben altijd de lul. Ik ben dubbel de lul.
Met een diepe zucht richtte hij zijn blik op de man tegenover hem. 'Oké, kom maar op, dan. Wat is je plan.'
Bonkers klapte zijn telefoon open en toonde een foto. 'Dit is onze man.'
Vanaf het schermpje werd Abel aangekeken door een grote vent in een leren motorjack met een kaalgeschoren kop. Met een minachtend glimlachje keek hij in de camera. 'Ik ben onkwetsbaar,' leek die blik te zeggen.
'Sjeng Schellekens,' zei Bonkers. 'Oftewel "De Kolonel." Heeft een autosloopbedrijf. Handelt in tweedehands auto's, maar geld verdienen doet hij met zijn drugslabs. Vier stuks, allemaal in Brabant. Ondanks dat hij multimiljonair moet zijn, woont hij nog steeds op het kamp. Niet meer in een woonwagen, maar in een witte villa met balkons en balustrades, marmeren badkamers, gouden kranen, dat werk. Op dat kamp in Klundert is ook het clubhuis van de bende waar hij de leider van is: de Gipsy Bandits. Hij is verschillende malen gepakt, maar nooit veroordeeld. Elke keer vrijgesproken wegens gebrek aan bewijs.'
Wat inspecteur Bonkers van de Centrale Recherche Amsterdam,

afdeling Internationale Drugscriminaliteit, er niet bij vertelde, was dat Sjeng Schellekens bekendstond als extreem gevaarlijk. Een oersterke vechtersbaas wiens gedrag even wreed als onvoorspelbaar was. Het klopte dat Schellekens inderdaad nooit was veroordeeld, maar de leden van zijn Gipsy Bandits wel. Deze verzameling tuig had er bijna allemaal een veroordeling op zitten. Illegaal wapenbezit, zware mishandeling, afpersing en zelfs moord. Om zijn zorgvuldig voorbereide operatie niet in gevaar te brengen, hield inspecteur Bonkers deze kaart nog even tegen de borst.

***

'Hoelang blijf je nog weg?' vroeg Angela.

'Dorst' las Abel hardop en klikte zijn richtingaanwijzer aan om de afslag te nemen. 'Nou, Bonkers zei dat die deal misschien wat langer kon gaan duren.'

'Hè, nee! Hoeveel langer?'

'Weet ik niet. Ik moet die dealer zogenaamd toevallig ontmoeten in een café. Dan moet ik met hem aanpappen, zijn vertrouwen winnen, allemaal gedoe. Als dat goed gaat, komt er een tweede afspraak en dan pas kan de deal worden gemaakt. Bonkers regelt dat, maar nu wil hij me eerst een soort spoedcursus geven om te leren hoe je zoiets doet.'

'Hm, ja, dat begrijp ik ook wel weer. Dat is op zich goed. Waar ben je nu?'

'Ik rij nu naar een camping in Dorst. Daar blijf ik zolang. Pierre wilde geen contact hebben, wil jij hem laten weten dat het wat langer gaat duren?'

***

Abel bedekte zijn ogen met zijn hand en herhaalde hardop: 'Minimale vijverdiepte anderhalve meter, optimale watertemperatuur 15 tot 25 graden. Geen planten, wel zuurstof met een pomp.'
'Bravo,' zei Bonkers tegenover hem aan het klaptafeltje voor het oranje campertje. Het was niet druk op camping De Duiventil in Dorst, dus kon de politie-inspecteur zijn aanstaande pseudokoper in alle rust voorbereiden op de actie 'Schuddebeurs' waarvan fase één de volgende dag van start zou gaan.
Onvermoeibaar repeteerden ze de info over de twee hobby's van de te arresteren bendeleider: koi karpers en NAC Breda.
'Noem drie soorten koi karpers,' beval Bonkers.
Zonder nadenken antwoordde Abel: 'Kohaku, Showa, Tanco, Shanke...'
'Stop,' viel Bonkers hem in de rede. 'Drie is genoeg. Je moet ook weer niet te veel weten.' Hij maakte een aantekening in zijn notitieboekje.
'In het café,' vervolgde hij. 'Wat is je binnenkomer?'
Gehoorzaam herhaalde Abel zijn instructies: 'Ik ga naast hem aan de bar staan, bestel een biertje en ik zeg: "Hé, zag ik jou laatst niet op de tribune bij NAC-Feyenoord?"
'Prima! Hoe heten de drie bekendste NAC-spelers?'
Abel, die niets van voetbal wist en tot op de dag van vandaag nog nooit van NAC Breda had gehoord, concentreerde zich en noemde achter elkaar hun namen: 'Van Heck, Mashart, Schouten, Wessel Kerckhoffs...'
Onder de indruk applaudisseerde Bonkers. 'Goed man! Talentje jij! Oké, tot zover de kennismaking. Jullie drinken een biertje en ouwehoeren wat over voetbal. Dan vertel jij wie je bent, maar geen woord over de bisnis, hè!'
'Nee, nee, weet ik.'

‘Dat komt later. Eerst z’n vertrouwen winnen. En, Abel, let op: je geeft hem geen hand. Dat soort initiatieven liggen bij hem. Besef dat je te maken hebt met “De Kolonel”, de grootste drugsdealer van Nederland, dus: respect!’
Abel wierp een blik op de foto van het gespierde stierenlijf met de kaalgeschoren agressieve kop. ‘En als hij me door heeft?’ vroeg hij bezorgd. ‘Die vent kan met één hand m’n hoofd van m’n romp trekken.’
‘No worries,’ suste Bonkers. ‘Wij zorgen ervoor dat er een getrainde begeleider in het café zit. Een vechtsport-expert, zwarte band karate. Die grijpt meteen in als het misgaat.’

Hoofdstuk 24

Het was volop zomer en in het Brabantse dorpscafé Het Bokske stonden de deuren wijd open. Het liep tegen het middaguur en het café leek nog aan het bijkomen van een nacht vol bier en polonaise. De barman stond met zijn rug naar de deur en kamde zijn haar in de spiegel achter de bar. Die werd onder handen genomen door een struise blondine met een zeemlap en een spuitbus Glassex zodat hij voortdurend moest bukken om langs haar heen te kijken.

Afgezien van twee zwijgende mannen aan de bar en een paar oude mannetjes die aan een ronde tafel in de hoek zaten te klaverjassen, moest de Brabantse gezelligheid nog losbarsten.

Abel liep naar de bar.

'Goedemorgen, mag ik een biertje?'

'Wazegdegij?' De barman had een opvallend hoog stemmetje. Hij leunde op de twee tapkranen en keek de langharige nieuwkomer vol onbegrip aan. 'Wawildegij?'

'Een biertje, graag,' herhaalde Abel zijn bestelling.

'Wah, zegdadan!' Hij tapte een biertje, veegde met een spaan het schuim eraf en zette het druipende glas voor Abel neer. 'Aste!'

Abel nam een slok en observeerde vanuit zijn ooghoeken de overige bezoekers. De rij barkrukken van glanzend kastanjehout was nog leeg, maar naast hem stond een zware man. Hij was zo kaal als een biljartbal en uit zijn openhangende overhemd walmde een lucht die deed denken aan het nachthok van een bunzing. Zijn armen en imposante buik waren volgetatoeëerd met slangen en draken. Aan zijn andere kant stond een jongeman van een jaar of dertig. Hij had een lichtbeige huid en zijn bovenlip werd gesierd door een potloodsnorretje. Ondanks de warmte droeg hij over zijn t-shirt een leren vest. 'Sergeant at Arms', las Abel op het rijtje name tags aan de voorkant. Hij had een onderonsje met een gedrongen man met een gezicht dat eruitzag alsof het was gekleid uit een klont deeg, mislukt, en daarna weer in elkaar gestompt. De Kolonel was nergens te bekennen. Ook van de vechtsport-expert die hem in geval van nood zou komen redden, was geen spoor. Abel was geheel op zichzelf aangewezen, zoveel was wel duidelijk.

Met toenemende ongerustheid trok Abel zich terug op het terras. Hij koos een tafeltje naast een gipsen tuinbeeld van een zigeunerjongetje bij een fonteintje.
Het zachte geklater had een geruststellend effect op zijn gemoed. In zijn zak trilde zijn telefoon. 'Niet daar zitten!' meldde het display. 'Je microfoon pakt te veel watergeluid! We horen niks!' Zoals afgesproken verwijderde Abel het appje direct en zocht een ander tafeltje.
Twee straten verder zat Bonkers samen met drie andere politiemannen in een geblindeerd Fordbusje met het opschrift 'Barts Rioolontstopping'.
'Werken met amateurs...' gromde Bonkers terwijl hij zijn koptelefoon weer opzette. 'Altijd gelazer...'
Zijn collega Agenant grijnsde en concentreerde zich weer op het besturen van de camera-drone die tweehonderd meter boven café Het Bokske in de lucht hing. 'Awel menneke, ouaar bijfdegij?' zei hij in zelfverzonnen dialect.
In de schaduw van de parasol sloeg Abel iedere nieuwe bezoeker

nauwlettend gade. Volgens Bonkers' informatie at de drugsbaas hier elke middag een zogeheten 'kapsalon', maar De Kolonel liet zich niet zien.
Na een uurtje liep Abel met zijn lege glas naar de bar en bestelde nog maar een biertje.
Toen hij zich met een vol glas in zijn hand omdraaide botste hij frontaal tegen iemand op en plensde een golf bier over diens buik. Het was een reus van een kerel, breed als een stier, met machtig gespierde armen vol onheilspellende tattoos. Ook hij droeg een t-shirt met een zwart leren vest. Alleen had hij een rode bandana om zijn hals en vermeldde zijn name tag 'President'. Gemillimeterd haar, een forse neus en een mond die je niet anders kon omschrijven dan als heerszuchtig.
Abels hart stond stil. 'Sorry,' stamelde hij.
Zwijgend keek De Kolonel hem aan.
De barman boog over de tap en gaf Abel haastig een theedoek aan. 'Asteblief!' riep hij met zijn hoge stem. 'Dan kende't dreugmoake.'
De grote man stapte zonder een woord naar voren, bonkte Abel met zijn schouder opzij en ging aan de bar zitten.
Abel had het gevoel alsof hij werd aangereden door een boedelbak. 'Sorry,' herhaalde hij tegen de brede zwartleren rug met het logo van een doodshoofd met een dolk door de schedel. 'Mijn schuld.'
Abel bleef staan wachten, maar de rug bewoog niet.
Met zijn lege bierglas in zijn hand liep hij terug naar het terras.

Nadat zijn hart weer een beetje tot rust was gekomen, besloot Abel tot een tweede poging. Hij liep naar de bar, ging naast de reus in het doodskopjack staan en stak zijn hand op voor een nieuw biertje. De Kolonel was in gesprek met zijn 'Sergeant at

Arms' en keurde hem geen blik waardig.
Terwijl de barman zijn biertje tapte, repeteerde Abel geluidloos zijn openingstekst: Hé, zag ik jou laatst niet op de tribune bij NAC-Feyenoord? Hij probeerde het zwijgend nog eens, nu met iets meer achteloosheid erin: Hé, zag ik jou laatst niet op de tribune bij NAC-Feyenoord? Hij kreeg zijn biertje en boog zich over de bar naar links om de blik van de bendeleider te vangen. Wantrouwend draaide die zich naar hem om.
'Mag ik u een drankje aanbieden?' vroeg Abel snel. 'Echt superlullig van me, daarnet. Sorry, hoor.'
De Kolonel keek hem ongeïnteresseerd aan, haalde zijn schouders op en draaide hem weer zijn rug toe.
De barman haastte zich naar de bierpomp.
'Ik kom hier voor het eerst,' zei Abel geheel ten overvloede.
De rug reageerde niet.
'Mooie streek hier. Zo lekker landelijk. Gaaf hoor.'
De barman zette Abels verzoenpilsje voor de bendeleider neer.
Abel hief zijn glas. 'Santé!'
De Kolonel greep het biertje, gromde iets over zijn schouder, nam een slok en vervolgde zijn gesprek met zijn bendeleden.
'Eerlijk gezegd,' zei Abel, 'lijkt me dat helemaal te gek, zo'n motorclub.'
De Kolonel draaide zich om en keek hem fronsend aan.
'Ja,' ging Abel door. 'Met zo'n bende ruige gasten op van die vette Harleys. Keiharde muziek op je phones en dan lekker je motor laten brullen. En iedereen is als de dood voor je. Te gek man, lijkt me dat.'
Om de dunne lippen van de bendeleider ontstond iets wat op een flauwe glimlach leek. Hij knikte achteloos. 'Het is een hobby...'
Hij nam een slok en keek Abel onderzoekend aan. Met een ruk

van zijn hoofd vroeg hij: 'Wat doe jij hier?'
'Ik ben hier voor bisnis,' zei Abel.
Een paar straten verderop schrokken de vier politiemannen achterin het Fordbusje zich te pletter. 'Neee! Die gek begint nu al over de bisnis!'

***

Abel legde de bendeleider uit dat hij wijnboer was in Frankijk en nu even in Nederland om zijn wijn te verkopen aan de Galdi in Veghel.
Voor het eerst reageerde De Kolonel.
'Is dat bisnis? Wijn?'
Abel trok een gezicht alsof hij pijn leed. 'Nou, dat valt vies tegen. Hard werken, weinig verdienen. Ik heb de grootste moeite om het verkocht te krijgen.' Hij grinnikte. 'Misschien moet ik jullie de volgende keer maar meenemen naar de Galdi, haha. Dan piepen ze wel anders, daar.'
Nu produceerde De Kolonel warempel een soort grijnslachje.
Abel leegde zijn glas en verzuchtte hoofdschuddend: 'Nee, wijn, dat is geen vetpot...'
'Waarom doe je 't dan?'
'Omdat ik daar met mijn vrouw een fantastisch mooi wijndomein heb! Zes hectare wijngaard midden in de natuur! Prachtig uitzicht. Ik ben daar zo vrij als een vogel. We zitten in de Chaude, het meest afgelegen deel van de Languedoc. Alleen maar bossen, bergen en rivieren, weetjewel. Vroeger waren de mensen bang om daar naartoe te gaan. Schoftenland, noemden ze het. En het is nog steeds dunbevolkt. Iedereen rotzooit maar wat an. Illegaal drank stoken, handelen in gestolen auto's, you name it.'

De Kolonel knikte goedkeurend. 'Klinkt goed,' grijnsde hij. 'Lijkt Brabant wel...'

In een opwelling van onvervalste genialiteit besloot Abel dat dit het perfecte moment was voor het adagium van alle groten der aarde: stoppen op je hoogtepunt.

Hij wierp een blik op zijn horloge en zei: 'Ik moet er vandoor; m'n presentatie voor morgen voorbereiden. Nogmaals sorry voor de biervlek, maar prettig kennis gemaakt te hebben.'

Ten afscheid stak hij nadrukkelijk niet zijn hand uit en wenkte de barman voor de rekening.

Hoofdstuk 25

Om acht uur 's ochtends, het moment dat Abel zich in het Brabantse Dorst mentaal had zitten voorbereiden op zijn bezoek aan café Het Bokske voor zijn eerste ontmoeting met De Kolonel, stapten in Soissant-sur-Cêze buurman Zwijnekop en zijn vrouw de keuken van de mas in.

De deur stond open, maar er was niemand. In plaats van de hectiek van een drukke ontbijtservice, heerste er totale stilte. Verbaasd keken de twee om zich heen. Op het aanrecht lagen wat uitgeperste sinaasappels naast een kan jus d'orange. Voor de oven lag een bakblik vol croissants klaar.

'Acht uur had ze toch gezegd?' vroeg Zwijnekop.

'Ja,' zei zijn vrouw. 'Vreemd.'

Op de eerste verdieping klonk gestommel.

Mevrouw Zwijnekop liep naar de trap. 'Madame Jongbloed!' riep ze naar boven. 'Angela! We zijn er!'

Maar het was niet de vrouw des huizes die naar beneden kwam. Er daalden twee heren de trap af. De voorste was kort en gezet, met dikke vlezige benen, bedekt met rode insektenbeten alsof hij de nacht had doorgebracht in een mierenhoop. Hij werd gevolgd door een knokige sladood met lange witte benen met zwart haar erop. Beide mannen waren spiernaakt. Tussen de benen van de achterste bungelde iets dat leek op een met woestijnzand gevulde steunkous, bij zijn voorganger piepte op die plaats een verschrompelde grotchampignon uit een warrig bosje krulhaar.

'Bonjour,' klonk het tweestemmig.

Madame Zwijnekop knipperde met haar ogen. Haar mond ging geluidloos open en dicht, als een vis op het droge. Haar man had zijn ogen tot spleetjes geknepen en keek de twee vanonder zijn zwijnewenkbrauwen aan alsof hij langs de loop van een geweer loerde.
De kleine dikke glimlachte de echtelieden vriendelijk toe en wees naar de tafeltjes op de binnenplaats. 'Kunnen we zelf een plekje uitzoeken?'
Madame Zwijnekop knikte alsof ze in trance was en maakte een vaag gebaar naar de deur.
'Merci, madame.' Met een beminnelijk hoofdknikje stapten de twee achter elkaar naar buiten.
Sissend liet madame Zwijnekop haar adem ontsnappen en keek hoe vier spierwitte billen zich over de binnenplaats bewogen. Haar man stond naast haar en zweeg. Opeens schudde hij zijn hoofd alsof hij zichzelf wakker wilde maken uit een boze droom en gromde: 'We gaan weg.'
Zijn vrouw schrok op. 'Dat kan niet, Jépé! We zouden helpen, dat hadden we beloofd.' Ze liep naar de trap en riep opnieuw: 'Angela! Wij zijn het!'
Er klonken voetstappen.
Boven aan de trap verscheen een vrouw van middelbare leeftijd. Ze was gehuld in een uitmonstering van opzichtig gebloemde stof, waarvan het onder- en bovendeel uit één stuk bestond. Het was het kledingstuk dat in één machtige klap alle aantrekkingskracht uit een relatie slaat, de zogeheten 'onesie'.
'Ze is hier niet, hoor!' riep de vrouw vanaf de gang.
'Oké.' Zwijnekop liep naar de deur. 'Ze is er niet. Kom. We gaan.'
'Impossible! We kunnen de buurvrouw niet zomaar met al die mensen laten zitten. Ze is waarschijnlijk even brood halen, die komt zo wel terug.' Ze wees naar het aanrecht. 'Maak jij die jus

d'orange verder, dan doe ik de croissants.'

Zwijnekop wist wanneer hij aan het kortste eind trok. Met loodzware tegenzin sjokte hij naar het aanrecht, greep een mes en begon binnensmonds verwensingen mompelend sinaasappels door te snijden.

'Bonjououour!' zong mevrouw Gebloemde Onesie terwijl ze de trap afdaalde. Ze was twee meter lang, bij het trapgat moest ze bukken. Achter haar verscheen een man. Hij had een rood gezicht dat sterk contrasteerde met zijn spierwitte dirigentenhaar en droeg zijn overhemd opengeknoopt, zodat zijn roodverbrande borst en imposante buik zichtbaar waren.

'Wij zitten aan het tafeltje linksachter!' Mevrouw Onesie sprak zo extreem levenslustig dat het leek alsof ze zong. 'We hebben het continentale ontbijt! Tot zooo...'

Achter elkaar verdwenen ze naar buiten.

'Breng jij de jus d'orange naar de gasten, Jépé? Ik moet bij de croissants blijven.' Madame Zwijnekop wist een bevel te laten klinken als een verzoek; een tactiek waarmee zij hun relatie, zij het met af en toe een stroom ingehouden 'Merdes' van haar man, al meer dan een kwart eeuw in stand wist te houden.

Zwijnekop worstelde zich met een blad met veel te volle glazen sinaasappelsap door het kralengordijn en begon die nors grommend onder de gasten te distribueren.

Toen hij met een leeg blad de keuken weer inkwam, stond die vol met mannen.

'O, Jépé,' riep zijn vrouw. 'Kijk 'ns!' Ze greep er twee bij de hand en trok ze naar voren. 'Dit zijn Django en Seth, en dit,' ze wees op een grote man met een besnorde hondenkop achter haar, 'is Manou. Het zijn echte zigeuners! Ze zijn een zigeunerorkest!'

De voorste man was klein en schriel. Hij had het gezicht van

een muis, met uitpuilende, half dichtgeknepen oogjes en een dun latin loversnorretje. Zijn haar was ingevet en in golvende slagen naar achteren gekamd.
Naast hem stond een reus van een kerel met een kop vol krullend haar en een woeste baard. Ergens in het midden van zijn gelaatsoerwoud glinsterden twee donkere muppet-oogjes.
Achter hem torende een man die, ondanks zijn forse postuur en zijn stevige buik, een pak droeg dat hem toch nog een paar maten te groot was. Hij was zo kaal als een voetbal en zijn gebruinde gezicht werd gedomineerd door een zwarte hangsnor en twee droevige hondenogen waarvan de onderste oogleden vochtig roodomrand uitzakten, alsof de zwaarte van vele generaties zigeunerleed ze naar beneden trok.

De mannen van het zigeunerorkest installeerden zich met hun instrumenten aan de tafel onder de pergola. Nadat ze vluchtig hadden gestemd, zetten ze zonder enige aankondiging 'La Vie de Paris' van Django Reinhart in. Gipsymuziek vulde de binnenplaats, zo swingend dat zelfs een dode er niet stil bij zou kunnen blijven zitten. Verrast keken de B&B-gasten op en begonnen bewust of onbewust mee te bewegen op de muziek.

Zwijnekop stond met een groot boerenmes stokbrood te snijden. Met een geconcentreerde frons vulde hij de broodmandjes. Plotseling viel zijn blik op zijn eigen voet. Die stond weliswaar op de grond, maar hij bewoog. Ritmisch tikte hij mee op de maat van de muziek. Met een verbaasd gegrom greep hij het dienblad met de mandjes en liep ermee naar buiten.
De stugge wijnboer, wiens leven al een halve eeuw bestond uit opstaan, werken, eten, wijn drinken en naar bed gaan, was door de wervelwind aan wonderlijke gebeurtenissen in de B&B

geheel van slag geraakt. Onder de vrolijke klanken van de muziek uit zijn jeugd liep hij opgewonden tussen de gasten door. De eeuwige frons die zijn gelooide zwijnekop altijd in knorrige rimpels trok, was veranderd in een glimlach breder dan zijn gezicht.
Bij de twee naakte heren zette hij met een joyeus gebaar het broodmandje en de jam op tafel: 'Voilà, messieurs!' Hij sloeg de dikke man kletsend op zijn spekkige roodverbrande schouder. 'Uw koffie zit in de pijplijn!'

De vrolijke gipsymuziek veranderde het doorgaans rustige B&B-ontbijt totaal. Mevrouw Onesie was opgestaan en had haar tegenstribbelende echtgenoot meegetrokken in een soort jarenzestigdans. De twee ontklede heren nodigden Zwijnekop uit om aan hun tafeltje een kopje koffie mee te drinken. Onder de swingende Hot club de France-klanken, leerden zij hun gastboer een aantal essentiële Nederlandse woorden: 'Gezellig!', 'Verdomme!' en 'Lekker!' Termen die de wijnboer zich verrassend snel eigen maakte. Bij wijze van grapje voegden zij daar het door hen recentelijk tijdens een wijnproeverij gebruikte woord 'Uilezeik' aan toe en legden hem uit wanneer dit woord werd gebezigd.
'Oi-le-ziek?' probeerde Zwijnekop proevend. 'Oilezaik?'
'Jaaa!' juichten de mannen. 'Dat is hem! Uilezeik!'

Tevreden in zichzelf brommend zette boer Zwijnekop de schone jus d'orangeglaasjes terug in de keukenkast. 'Zo, dat varkentje hebben we mooi 'ns even gewassen, Konijntje!'
Verbaasd draaide zijn vrouw zich om van het aanrecht. 'Dat is lang geleden dat je me zo hebt genoemd.'
Hij grijnsde. 'Misschien. Raar trouwens dat de buurvrouw niet

is komen opdagen.'
Ze haalde haar schouders. 'We horen het wel.'
'In ieder geval zijn wij nu klaar hier.'
Madame Zwijnekop schudde haar hoofd. 'Nee, je zou de wijnproeverij doen.'
'Maar er is niemand meer. Iedereen is weg!'
'Klopt, maar om twee uur komt er een gast speciaal om de wijn te proeven. Angela heeft gevraagd of je daar extra aandacht aan wil geven. Het schijnt een belangrijke wijnjournalist te zijn...'

***

De temperatuur in Soissant-sur-Cêze was behoorlijk opgelopen, maar in de schemerige wijnkelder bleef het aangenaam koel. Boer Zwijnekop stond naast de barrique die als statafel diende en rangschikte enkele reeds ontkurkte flessen voor de aankomende wijnproeverij. Met een ongeduldige frons keek hij op zijn horloge: als die belangrijke wijnpief nog lang wegbleef kon hij de klere krijgen. Na alle onverhoedse gebeurtenissen in de B&B van zijn buurman vond de geplaagde wijnboer het wel mooi geweest.
Juist toen hij zijn hand uitstak om vast een glaasje van buurmans beste wijn voor te proeven, ging de deur open. Een streep licht viel de kelder in.
'Bonjour! Iemand thuis?'
Een rijzige man trad binnen. Hij had grijze krulletjes, droeg een bril met een indrukwekkend montuur en ging gekleed in een duur uitziende pantalon, een chic colbertje en glanzende schoenen met kwastjes.
Zwijnekop stak zijn arm omhoog. 'Hiero!'
'Ah!' De nieuwkomer stapte met uitgestoken hand op hem af.

'Hubart Bijlsma, wijnschrijver. Sorry dat ik misschien wat laat ben.'
Zwijnekop gromde. Hij wilde het zo snel mogelijk achter de rug hebben, dan was hij er maar vanaf. 'Maakt niet uit.'
Hij trok de kurk uit de fles en schonk twee glazen in.
'Voilà, dit is de wijn van m'n buurman. Hij vroeg of ik u die wilde laten proeven.' Hij hief zijn glas. 'Santé!'
De wijnschrijver pakte het glas met een precieus gebaar bij de steel en hield het omhoog om de kleur te beoordelen.
'Hm, de densiteit van de robe lijkt wat overcompact...'
Zwijnekop had geen idee wat hij bedoelde, maar knikte instemmend en leegde zijn glas in één teug. Hij liet een bescheiden boertje, veegde met zijn hand zijn lippen af en greep alvast de volgende fles.
De wijnschrijver nam een delicaat nipje, liet dat door zijn mond spoelen en keek om zich heen voor de spuugbak.
Met zijn kin wees Zwijnekop naar de vloer. 'Spuug maar op de grond.' Hij produceerde een geknor als een varken bij de trog en voegde eraan toe: 'Terroir.'
Hubart tuitte zijn mond en spuugde het slokje in een beschaafd straaltje op de grond. In plaats van een ruimhartig oordeel, zoals gebruikelijk is bij een wijnproeverij, kneep hij zijn lippen op elkaar en onthield zich van commentaar.
'Dit...' zei Zwijnekop op geheimzinnige toon, 'is een hele andere wijn!' Omzichtig vulde hij de glazen met zijn hoogstpersoonlijke eigen wijn. Dit ging leuk worden. Hij zou die wijnpief 'ns een poepie laten ruiken! Hij zou niet zeggen dat dit zijn eigen wijn was en dan zou die vent blij verrast worden en vragen van welk Grand Cru-château dit kwam! Dit werd lachen! Hij maakte een korte proostbeweging en ledigde zijn glas.
'Hm, lekker...,' zei hij met een tevreden zucht. 'Erg goede wijn, dit...' Afwachtend keek hij de wijnschrijver aan.

Hubart Bijlsma, die een proefslokje had genomen, trok zijn lippen zo strak samen dat zijn toch al zuinige pruilmondje nu een treffende gelijkenis vertoonde met het stervormige roze plekje dat zich bevindt onder de staart van een kat. Met een gezicht als een geschrokken kringspier spuugde hij de wijn op de vloer. Hij deed dit zo heftig dat de pijpen van zijn grijslinnen pantalon onder de rode spetters kwamen te zitten.
'Uilezeik!' Het ontviel de geschrokken wijnpublicist, maar het woord galmde door de wijnkelder en bleef hangen tussen de hanenbalken.
De wijnboer begreep deze zojuist geleerde term maar al te goed en het trof hem als een dolksteek. Hij kneep zijn ogen tot spleetjes en trok zijn harige zwijnekop tussen de schouders als een stier in de arena die op punt staat de matador definitief aan zijn hoorns te rijgen.
'Wat?' fluisterde hij hees. 'Hoe noemt u mijn wijn?'
Bijlsma hoorde hem niet. Hij was voorovergebogen bezig met een witte zakdoek de wijn van zijn schoeisel te deppen. Ervan uitgaande dat deze simpelmans geen Nederlands verstond, herhaalde hij walgend zijn oordeel: 'Allemachtig, wat een uilezeik...'
Dit werd Zwijnekop te veel. Hij haalde uit met zijn rechterbeen en raakte de wijnschrijver met volle kracht in zijn nogal volupteuze achterste. Iedereen die ooit Johan Cruijff een penalty heeft zien nemen, kan zich voorstellen hoe dit eruitzag.
Bijlsma schoot als een kurk uit een champagnefles door de wijnkelder en knalde met zijn kop tegen de deur. Zijn bril vloog van zijn neus, hij gleed uit en belandde zittend in een drabbig plasje afvalwater.
'D'r uit!' schreeuwde Zwijnekop woedend. 'M'n kelder uit, lamlul!'

Hoofdstuk 26

In Braboland ondertussen, verliet Abel opgewonden eetcafé Het Bokske. Hij onderdrukte de neiging zijn gebalde vuist triomfantelijk naar de hemel te stoten. Zijn eerste ontmoeting met de grote drugsbaas was gelukt! En buitengewoon succesvol zelfs!

Op weg naar zijn campertje liep hij langs een geblindeerd Fordbusje. Zich niet bewust van het feit dat slechts drie millimeter blik hem scheidde van Bonkers en zijn drie collega's, die in het halfduister zwetend gebogen zaten over hun afluisterapparatuur, keek Abel op zijn telefoon. Alle appjes die hij Angela die ochtend had gestuurd waren onbeantwoord gebleven.

Juist toen hij haar wilde bellen, piepte er een appje binnen. 'Kom direct naar de afgesproken plaats. Bonkers.'

***

Bonkers en Abel zaten tegenover elkaar aan het tafeltje in het oranje campertje. Dat was niet berekend op twee zulke lange mannen, onder het tafelblad stootten hun knieën tegen elkaar. Bovendien was het er benauwd, maar Bonkers had erop gestaan de debriefing van operatie 'Schuddebeurs' niet buiten in de vouwstoeltjes onder de dennebomen te doen, maar binnen, uit het zicht van de andere bezoekers van camping De Duiventil.

'Je maakt er een puinhoop van!' zei Bonkers geërgerd. 'Je houdt je totaal niet aan de afspraken en je kloot maar wat aan.'

Verbaasd keek Abel op. 'Hoezo? Het ging toch goed?'
'Nee!' riep Bonkers en stompte met zijn vuist in zijn handpalm, alsof hij dat het liefst op Abels gezicht zou doen. 'Ik heb verdomme twee jaar gewerkt aan deze case. Met mijn voltallige team! Hier zit duizend uur werk in! En dan zal meneertje Abel de hele operatie even in een stief kwartiertje naar de kloten helpen.' Zijn ogen schoten vuur.
Zuchtend leunde Abel achterover en masseerde vermoeid zijn slapen. 'Ik begrijp er niks meer van. Ik dacht juist dat ik het goed deed...'
'Dat deed je dus niet.' Bonkers haalde diep adem en keek met nietsziende blik uit het raam tot zijn woedeuitbarsting was gezakt.
Na een tijdje schraapte hij zijn keel. 'Luister. Morgen heb je de tweede ontmoeting. Je kent hem nu, je hebt al een klein beetje zijn vertrouwen gewonnen. Maar je bent nog lang niet binnen. Eén stomme opmerking en je ligt met een gebroken neus bellen te blazen tussen de barkrukken. Snap je dat?'
Abel onderdrukte de neiging om aan zijn neus te voelen en knikte dat hij het begreep.
'Oké, morgen ga je de deal maken. Niet de grote deal, want dan ruikt hij onraad. Eerst probeer je een paar pilletjes te kopen. Voor de kleine handel, vijfduizend euro ofzo. Voor hem is dat klein bier. Daar hoeft hij geen extreme veiligheidsmaatregelen voor te nemen, maar het is groot genoeg om interessant te zijn.'
Abel knikte weer.
'Dus wat is je verhaal? Wat ga je zeggen?'
Abel haalde diep adem en begon: 'Waar ik zit in Frankrijk, is ecstasy niet te krijgen of hartstikke duur. Ik wil...'
'Stop!' onderbrak Bonkers hem. 'Noem het nooit ecstasy. Dan

weet iedereen meteen dat je een sukkel bent. Smarties. Zo heet het: smarties.'
'Oké.' Abel ging er even voor zitten en begon opnieuw: 'Waar ik zit in Frankrijk, zijn smarties niet te krijgen of hartstikke duur. Ik wil proberen bisnis te doen. Ik heb vijfduizend piek bij me...'
'In vijftigjes,' onderbrak Bonkers hem.
'In vijftigjes. En ik hoorde dat hier in Brabant gasten zijn die dat kunnen leveren. En dan vraag ik of hij toevallig iemand kent.' Verwachtingsvol keek hij op. 'Goed, toch?'
'Ja. Als je het zo doet, is het prima. Morgen dus geen rare fratsen. Blijf bij dit verhaal en hou je aan je tekst. En ga daar niet met geld zitten wapperen, maar zorg dat je het bedrag uitgeteld bij je hebt. In vijftigjes.'

Nadat Bonkers was vertrokken ging Abel in zijn campingstoeltje naast het busje zitten en belde Angela. Hij hoorde de telefoon overgaan. Een keer, twee keer, drie keer...
Hij wilde de verbinding verbreken, toen er werd opgenomen.
'Aab?' Angela's stem klonk zwak.
'Poekie!' riep Abel geschrokken. 'Wat is er? Waar ben je?'
'Ik lig in het ziekenhuis...'

***

Weifelend keek Bonkers naar de halter voor zijn voeten. Veertig kilo. In de fitnessruimte van het Campanile hotel in Breda had hij zijn dagelijkse trainingsuurtje er bijna op zitten en eigenlijk moest hij nu naar zijn kamer om zijn dagverslag te tikken. Hij keek op zijn horloge. Zeven uur. Etenstijd. Vooruit, vlug dan. Met indrukwekkend gemak stootte hij de halter in rap tempo twintig keer omhoog. Daarna greep hij zijn handdoek van de hometrainer, hing die om zijn nek en verliet met nauwelijks versnelde ademhaling het sportzaaltje.

Toen hij zijn kamer binnenkwam, ging zijn telefoon. 'Abel' vermeldde het display. Hij deed de douche aan, zette de telefoon op de speaker en begon zich uit te kleden.

'We zouden niet bellen,' zei hij geïrriteerd.

'Angela ligt in het ziekenhuis!'

Hij draaide de douche weer uit en liet zich op bed ploffen. 'Wat is er aan de hand?'

'Aangereden. Ze was op de fiets naar de bakker, er kwam een auto de bocht om en die reed recht op haar af! En is doorgereden!'

'Shit. Is het ernstig?'

'Dat weet ik niet! Ze heeft veel pijn. Ze gaan morgenochtend foto's maken, dan weten we meer.'

'Ai, balen. Ik hoop dat het meevalt.'

'Ik ga in elk geval morgen terug!'

'Dat kan niet. Morgen moet je die ecstasy scoren.'

'Je kan die ecstasy steken op een plek waar het licht niet schijnt! Ik ga terug. Ik wil bij mijn vrouw zijn!'

'Doe nou even rustig, Abel. Je weet helemaal niet of het ernstig is. Misschien valt het mee. Bovendien kan je niet met lege handen bij die Pierre aankomen. God weet waartoe die gek in staat is! Misschien is Angela morgen alweer thuis en als alles meezit ben je eind deze week alweer bij haar. Relax, Abel. Blaas in godsnaam niet onze hele operatie op. Er is waarschijnlijk niks aan de hand…'

Hoofdstuk 27

Toen Abel die ochtend over de drempel van café Het Bokske in Klundert stapte, had de spanning van zijn levensgevaarlijke missie een vreemd effect op hem. Zijn stemming liet zich niet anders omschrijven dan 'sereen'. Zijn zintuigen stonden op scherp. Open voor alles, sensitief voor de kleinste nuances, als de trillende neushaartjes van een babyeekhoorntje. En hij had niet eens wiet gerookt.

Het speldenknopmicrofoontje in zijn kraag was onzichtbaar weggestopt, maar de verbinding met de vier politiemensen in het bestelbusje met het opschrift 'Barts Rioolontstopping', een paar honderd meter verderop in de straat, was loeischerp.

Het was elf uur en nog stil in het café. De muziek stond uit, voor de gokkast in de hoek zat een eenzame man op de knoppen te drukken, verder werd de leegte slechts gevuld door de geur van zweet en verschaald bier van de nacht ervoor. Achter de bar stond de barman met het hoge stemmetje glazen te poetsen.

Bij Abels binnenkomst keek hij eerst ongeïnteresseerd op, toen herkende hij hem.

'Ha, bende'r weer?' riep hij. 'Alles goe met oe?'

'Ja,' grijnsde Abel. 'Alles goe.'

Hij bestelde een koffie, liep naar het lege terras en koos een tafeltje waar hij de komst van De Kolonel in de gaten kon houden. Hij pakte zijn telefoon voor een snel belletje met Angela. Ze klonk een stuk beter. De pijn in haar benen was gezakt.

Op de foto's was niets te zien geweest, waarschijnlijk alleen wat kneuzingen. Lopen ging goed en vanmiddag kon ze naar huis. Ze had buurvrouw Zwijnekop gebeld of zij en haar man nog een dagje konden komen helpen en dat was geen probleem.
'Ze hebben het zonder ons heel goed gedaan, Aab. En ze waren verrassend enthousiast. Op een gegeven moment hebben madame et monsieur Zwijnekop zelfs een dansje gedaan over de binnenplaats! Ik weet niet hoe serieus dit is, maar ze willen nu zelf ook een B&B beginnen.' Ze schoot in de lach. 'Dat verzin je toch niet? B&B Zwijnekop! Nou ja, wanneer kom je weer thuis, lieverd? Ik mis je!'
'Ik mis jou ook,' zei Abel. 'Ik kom zo snel als ik kan. Hebben ze die vent al te pakken die je heeft aangereden?'
Uit het café kwam de barman met zijn koffie aanlopen.
'Tot gauw liefje!' zei Abel snel. 'Ik moet ophangen. Je t'aime!'
De koffie was lauw en smaakte naar het vocht dat zich op een warme dag verzamelt in de punt van een volle vuilniszak. Abel nam het Speculooskoekje van het schoteltje, peuterde het uit het cellofaantje en knabbelde het op. Waar ik zit in Frankrijk, repeteerde hij in gedachten, zijn smarties niet te krijgen of hartstikke duur. Ik wil proberen bisnis te doen. Ik heb gehoord dat hier in Brabant gasten zijn die dat kunnen leveren. Weet jij niet toevallig iemand?
Hij was zo druk zijn tekst aan het oefenen, dat het hem ontging dat buiten voor het café onder zwaar motorgeronk een aantal Harley Davidsons stopte.
Ik heb vijfduizend euro bij me, repeteerde Abel zijn verhaal. In vijftigjes.
Achter zijn rug klonken voetstappen. Een schaduw viel over hem heen en hij kreeg een botkrakende klap op zijn schouder.
'Hé! Fransman!'

Van schrik schoot hij voorover, draaide zich om en stootte zijn koffie om.
Massief torende De Kolonel boven hem uit. Hij droeg zijn mouwloze leren jack en de rode bandana. Hij lachte hard.
'Last van je geweten? Kom.' Hij draaide zich om en liep naar de bar. 'We pakken 'n biertje.'
Abel kwam uit zijn stoel en volgde het doodshoofd met de dolk door de schedel.

Bij de bar stonden drie mannen. Ze droegen dezelfde motorjacks met doodshoofden en dronken bier. De overijverige barman tapte zonder vragen direct twee verse glazen en schoof die over de bar naar De Kolonel en Abel.
De bendeleider en zijn mannen raakten in gesprek en Abel stond er verloren bij. Hij dronk van zijn bier en probeerde de conversatie te volgen.
De Kolonel vertelde met luide stem een verhaal waar de mannen bulderend om lachten. Abel verstond er niets van, maar op momenten die hem toepasselijk leken lachte hij mee. Onder het praten maakte De Kolonel een achteloos handgebaar naar de barman die meteen vijf verse biertjes begon te tappen.
Na het derde rondje zette de barman een dampende schaal patat en shoarmavlees onder een deken van gesmolten kaas voor De Kolonel neer. De drie bendeleden sloegen hun bier achterover en verlieten onderling grappen makend het café.
De Kolonel nam plaats op een barkruk en begon te eten. Zijn hele wezen straalde agressiviteit uit. Zelfs de manier waarop hij at. Het leek alsof hij bij elke hap een levende kip de kop afbeet en fijnkauwde.
Onder de indruk bekeek Abel het machtige lijf van de bendeleider. Djiezus! Die armen! Die spierballen! Hij deed een stapje

dichterbij. 'Bon appétit.'
Terwijl zijn kaken als molenstenen een hap friet en vlees vermaalden, keek hij op met een vervaarlijke frons. 'Wat?'
'Eet smakelijk!'
De Kolonel stootte een laag gegrom uit, kwakte een lepel extra knoflooksaus over zijn kapsalon en vervolgde zijn lunch zonder aandacht aan hem te besteden.
Abel nam een slokje van zijn bier en observeerde aandachtig het natuurgeweld dat zich zo pal naast hem afspeelde. Opnieuw bekeek hij de machtige biceps van dichtbij.
'Moet u daar nou veel voor trainen?'
Dreigend keek De Kolonel op, zijn overvolle vork friet en vlees bleef in de lucht hangen. 'Wat?!'
'U hebt zulke waanzinnig gespierde armen. Ik vroeg me af of je daar nou veel voor moet trainen.'
De Kolonel grijnsde met een mondvol friet. 'Mwoa, ik doe wel 'ns een dingetje...'
Abel knikte alsof hij dit eufemisme begreep. 'Hoe is het nou, om zo sterk te zijn? Hoe voelt dat, als je zomaar iedereen in elkaar kan slaan? Dat je van tevoren al weet dat je hem aankan?'
Dit vond De Kolonel een grappige vraag. Op zijn gezicht brak een glimlach door en hij legde zijn vork in zijn bord.
'Haha, ik weet helemaal niet van tevoren of ik 'm aan kan. Maar dat interesseert me ook geen reet. Als ik vind dat het nodig is, sla 'm gewoon op z'n bek. Zo hard mogelijk.' Hij greep zijn vork en stortte zich weer op zijn kapsalon. Met volle mond ging hij verder: 'Het scheelt natuurlijk wel als je weet hóe je iemand op z'n bek moet slaan. Want als ik met ze klaar ben, staan ze meestal niet meer op.'
'Djiezus! Echt waar?'

Hij knikte. 'Zeker.'
Abel stak zijn hand uit naar de machtige spierbal. 'Mag ik 'ns voelen?'
De Kolonel bulderde het uit. Stukken friet vlogen uit zijn mond over de bar. Onder het lachen stak hij goedmoedig zijn arm in de lucht en spande zijn biceps. Abel spreidde zijn duim en middelvinger zo wijd mogelijk, maar nog steeds kon hij de spierbal niet helemaal omvatten. Voorzichtig kneep hij erin. Het gaf geen centimeter mee. Hij drukte wat harder. Hij voelde de kracht vibreren onder zijn vingers, maar hij kreeg de spiermassa nauwelijks ingedrukt. Verbaasd keek hij op.
'Wow! Niet normaal, man! Wat een power! Echt te gek!'
In een gebaar van vanzelfsprekendheid trok De Kolonel een wenkbrauw op en hervatte zijn lunch.
In het bestelbusje een paar straten verderop luisterden Bonkers en zijn mannen met stijgende verbazing mee via hun koptelefoons. Agenant schudde verbijsterd zijn hoofd. 'Waar is die halve zool mee bezig?'
Bonkers staarde als gehypnotiseerd naar de rode VU-metertjes op de recorder, toen schoot hij woedend overeind. 'Je moet beginnen over koi karpers, lul!' riep hij naar de VU-meters. 'En over NAC Breda! Kom op nou! Gooi die karpers erin! Nu!'
'Ssst!' Zijn collega's grepen hun chef bij zijn schouders. 'Rustig, Ed. Rustig! Ze kunnen je buiten horen!'
Bonkers schudde zijn hoofd als een getergde leeuw. 'Die klootzak!' gromde hij en gooide er een reeks krachttermen achteraan waarin geslachtsdelen, die uitblonken door hun formaat een prominente rol speelden.

Abel dronk van zijn bier en ging op de barkruk naast De Kolonel zitten. Die schoof zijn lege bord van zich af en liet een boer

die de glazen in de kast deed rinkelen.
'Geef die boer een stoel,' lachte Abel. 'Zullen we nog een biertje doen?'
'Waarom niet,' bromde De Kolonel. Voldaan leunde hij achterover en veegde met de achterkant van zijn hand zijn mond af. Dankzij zijn prille maar kennelijk nogal intieme relatie met De Kolonel was Abel dusdanig in aanzien gestegen dat de barman direct reageerde op zijn handgebaar. Hij haastte zich naar de tap en zette twee nog nadruipende glazen bier voor de mannen neer: 'Asta, hawa oe twei pilzekes, na?'
Abel schoot in de lach en tikte zijn glas tegen dat van De Kolonel. 'Santé, mon ami.' Ze proostten. 'Ik versta echt geen hout van die Brabo's,' grinnikte hij. 'Jij?'
De Kolonel nam een grote slok. 'Gelukkig wel.'
'Hoezo dan?'
'Ik ben er zelf een.'
'O ja? Ben jij een Brabo? Wat lachen, man! Jij woont hier dus gewoon.'
De Kolonel zette zijn halflege glas terug op de bar en keek hem wantrouwend aan. 'Ja, is dat gek ofzo?'
'Nee, natuurlijk niet. Gaaf juist. Ik hou van achterafgebieden. Waar woon je dan?'
De Kolonel gaf een ruk met zijn massieve hoofd naar achteren. 'Hier, in Klundert. Op het kamp.' Vanuit zijn ooghoeken sloeg hij Abel gade. Gespitst op schrik, afkeer of juist het verbergen daarvan.
Maar Abel keek hem verrast aan. 'Op het kamp? Een zigeunerkamp, bedoel je?'
'Ja. Ik ben een kamper.' Opnieuw speurde hij naar minachting of angst, maar het tegendeel gebeurde. Abel strekte zijn arm en gaf hem een kletsende klap op zijn stierenschouder.

'Te gek, man! Kampers! The free life! Born to be wild! Ik ben ook een kamper!' Hij leegde zijn glas en bestelde in dezelfde beweging twee verse biertjes. 'Ik heb ook een camper. Te gek ding. Met dat wijndomein en zo, heb ik mezelf een beetje vastgevlogen, maar diep in mijn hart ben ik een free rider. Een vrije vogel, weetjewel. Ride with the wind... Het liefst rij ik in m'n woonwagentje naar onbekende bestemmingen. The world is my oyster, weetjewel.'

De barman zette twee verse glazen bier voor de mannen neer.

'Nou,' Abel hief zijn glas, 'op het vrije leven, ouwe kamper!'

De Kolonel grijnsde en tikte zijn glas tegen dat van Abel. 'Op de eeuwige kuisheid, Fransman.'

Abel nam een slok en zette zijn glas op de bar. 'Hij staat hier niet ver vandaan. Wil je 'm zien?'

De Kolonel had zijn glas in één teug geleegd. Hij keek Abel aan en liet een forse boer. 'Waarom niet.' Hij stapte van zijn barkruk, maakte een vaag gebaar naar de barman en beende met Abel in zijn kielzog het café uit.

Buiten liep hij naar een zwarte Harley Davidson met een hoog stuur en zette zich in het zadel als een cowboy op zijn paard. Hij startte de motor en een soort onderaards vulkaangerommel barstte los. Met een gebiedende hoofdbeweging beval hij Abel plaats te nemen op de buddy seat. 'Waar staat ie?' brulde hij boven het motorgeronk uit.

'Op de parkeerplaats naast de kerk!'

De Kolonel gaf gas. Abel kukelde bijna achterover en sloeg zijn armen om het middel van de bendeleider. Terwijl ze over de dorpsweg in Klundert denderden, zat Abel met zijn neus tegen de brede rug met het doodshoofd. Het rook naar zweet, leer en gevaar. Hij snoof de lucht diep op.

Het busje van Barts Rioolontstopping, een paar straten verderop, schokte op en neer op zijn veren. Bonkers had zijn koptelefoon afgerukt en op de grond gesmeten.

'Die driedubbelgenaaide klootzak! Wat flikt ie me nou weer! De verbinding valt weg! Agenant! De drone! Heb je ze?'

Agenant schudde zijn trieste hondenkop. 'De batterij is leeg. Ik moet 'm binnenhalen.'

'Neukend! Dan zijn we ze kwijt!'

***

Het had De Kolonel enige moeite gekost om zijn kamerbrede verschijning tussen het bankje en het tafeltje van het oranje campertje te worstelen, maar het was gelukt en nu zaten de twee mannen tegenover elkaar in het busje op de parkeerplaats van de kerk. Met milde verbazing bekeek de bendeleider het interieur. Het door Abel zelfgetimmerde keukentje van wijnkistjeshout, de Fransblauw geverfde gootsteenkastjes, het potje bloeiende lavendel. 'Je hebt zelfs een ijskastje, zie ik.'

'Ja,' zei Abel trots. 'Biertje?'

De Kolonel probeerde zijn benen te strekken, wat niet lukte in de beperkte ruimte. 'Waarom niet.'

Abel zette twee uit Frankijk meegenomen blikjes Kronenbourg neer.

Ze dronken.

'Goed koud,' prees De Kolonel. Hij keek nog 'ns om zich heen. 'Wel een beetje klein.'

'Mwoa, ik heb niet veel nodig. Het gaat om de reis, weetjewel. Niet om de bestemming.'

De diepgang van deze wijsheid ontging De Kolonel, die het vooral om de bestemming ging. Hij verfrommelde zijn lege blikje. 'Ik peer 'm.' Hij trachtte zich uit zijn benarde positie te bevrijden, waardoor het tafeltje krakend uit zijn schroeven werd gerukt.

'Zie je wel,' mopperde hij, 'te klein.' Hij stootte zijn hoofd tegen het dak en slaakte een reeks donderende vloeken waarin kabouters en geslachtsziekten de boventoon voerden.

Abel schoot in de lach. 'Sorry, hoor. Ze hebben jou gewoon een paar maten te groot gemaakt, man! Voor jou moeten ze een fabriekshal bouwen. Of de Taj Mahal.'

'Lul niet, man,' riposteerde de bendeleider. 'Ik woon heel gewoon. Alleen niet in een soort kapotje, zoals jij.'

'Laat maar zien dan.'

Vijf minuten later denderde de Harley Davidson met het zonderlinge duo het zigeunerkamp van Klundert binnen.

Hoofdstuk 28

Met de kwalificatie 'heel gewoon' deed de bendeleider zijn residentie tekort. Het hart van zigeunerkamp De Vogelwiek werd gevormd door een majestueuze villa van geglazuurde witte baksteen met een bordes ter grootte van paleis Soestdijk. De voorgevel was voorzien van kapitale ramen en langs de hele eerste verdieping liep een weids balkon met een sneeuwwitte balustrade.

Het donkergroen geverfde toegangshek werd gedragen door twee pilaren waarop twee levensgrote adelaars van wit gips met breed wiekende vleugels elk een andere kant op keken. Daarachter voerde een oprijlaan met aan weerszijden buxushaagjes naar een eveneens donkergroene voordeur waaraan veel koperbeslag glansde.

Abel stond naast de Harley en probeerde zijn lange haar enigszins uit de knoop te krijgen.

'Djiezus, man!' lachte hij. 'Dat lijkt het Witte Huis wel!'

Wantrouwend keek De Kolonel hem aan. 'Wat bedoel je?'

'Te gek, juist! Jij doet niet lullig! Dit gáát tenminste ergens over!' Hij hief zijn hand voor een high five. 'Goed gedaan, man! Goed bezig!'

De bendeleider gaf een een soort kop-van-jut-klap tegen zijn opgestoken hand waardoor Abels arm bijna uit de kom werd gerukt en hij een paar passen naar achteren struikelde.

De Kolonel stootte een bulderende lach uit, greep hem nog net op tijd in zijn kraag en trok hem mee.

'Kom, we gaan naar binnen.'
Hij toetste iets op zijn telefoon waarna het hek en de voordeur tegelijkertijd openzwaaiden.

Wellicht om zijn zwarte geweten te compenseren, was in de villa alles wit. Op een witmarmeren salontafel glansde een vergulde fruitschaal gevuld met gouden namaakappels. Boven een witleren bank hing een ingelijste foto van een agressieve pitbull, zijn driehoekig gecoupeerde oortjes recht overeind, zijn tong als een roze lap uit zijn bek.
In zijn hoofd hoorde Abel 'Get back' van de Beatles, John en Yoko destijds in witte wapperkleding in het Amsterdam Hilton. 'Get back.' Maar zelf kon hij niet meer terug.
Zonder op of om te kijken banjerde de bendeleider door de oogverblindende woonkamer naar de keuken en trok een manshoge ijskast open die van top tot teen was gevuld met blikjes bier. Hij trok er twee uit. 'Kom, we gaan naar buiten.'

Ze kwamen op een terras voor een grote, rechthoekige vijver. Grote vissen zwommen traag onder de waterspiegel.
'Wow!' Abel liep naar de rand. 'Koi karpers! Wat een beauties!' Hij ging op het muurtje van witte baksteen zitten en stak zijn hand in het water. 'Je hebt Kohaku's en Showa's, zie ik...'
Verrast keek De Kolonel op. 'Heb je ook kois, dan?'
'Zeker,' loog Abel. 'In Frankrijk. Mooi, man!'
'Oké, maar dit zijn Tanco's en Sanke's.'
'O, nou ja, ik haal die namen altijd door elkaar...'
Een dikke, oranje-wit gevlekte karper zwom naar zijn hand, Abel krabbelde hem zachtjes over zijn rug. 'Prachtige beesten, die Sanke's.'
'Dat is een Asagi.' De Kolonel stak hem een blikje bier toe en

ging naast hem op het vijvermuurtje zitten. 'Prut.'
Abel trok zijn blikje open. 'Weet je... Ik drink eigenlijk nooit bier.'
De bendeleider haalde zijn schouders op. 'Iedereen maakt fouten.'
'Haha, ja, ik zéker. Ik doe niet anders. Maar ik had je toch verteld dat ik wijnboer was?'
'Ja.'
Abel liet zijn stem dalen. 'Kun je een geheim bewaren?'
Vanonder zijn wenkbrauwen nam De Kolonel hem op. 'Hoezo?'
'In Frankrijk,' zei Abel half fluisterend, 'maak ik dus wijn... Maar ik kweek ook wiet.'
'Haha, waarom verbaast me dat niet...'
Abel glimlachte. 'Ik heb een kennis daar, en die wil smarties kopen.'
De Kolonel keek hem uitdrukkingsloos aan.
'Dat is goeie bisnis, dus dat wil ik best doen,' ging Abel verder, 'alleen heb ik geen idee hoe je zoiets aanpakt.'
'Tja...' De Kolonel nam een slok bier. 'Da's altijd lullig.
Iets niet weten...'
Abel stak zijn hand uit naar een zwart-wit gevlekte koi karper. Hij schraapte zijn keel en zei weifelend: 'Hij heeft me een flinke tiet geld meegegeven, die gast.'
'Da's een goed begin.'
'Ja maar, shit man, ik heb geen idee waar ik moet zijn...'
De Kolonel knikte. Met een kolenschop van een hand streek hij over zijn gemillimeterde stekeltjes. Het maakte een zacht raspend geluid. 'Hoeveel?' vroeg hij achteloos.
Abel liet deze vraag even in de lucht hangen. Toen antwoordde hij voorzichtig: 'Vijfenzeventigduizend euro?'

‘Die gek zit verdomme de deal te maken!’ riep Bonkers verbijsterd. Het busje van Barts Rioolontstopping stond inmiddels in een zijstraatje achter het zigeunerkamp, de audioverbinding was hersteld en de drone hing met een verse batterij hoog boven de praalvilla.
‘Lekker laten gaan,’ suste Agenant. ‘Hij zit goed in de wedstrijd. Laten we kijken hoever hij komt.’
‘Er zit weinig anders op,’ mopperde Bonkers.

De Kolonel verfrommelde zijn lege blikje en zette het tussen zijn voeten op de terrastegels. ‘Tja, zelf zit ik niet in die bisnis, maar via via weet ik misschien wel iemand.’
‘Wow, dat zou te gek zijn, man! Hoe pakken we dat aan?’
‘Simpel: ik vraag of hij kan deliveren, jij geeft hem de centen, hij geeft jou de handel en klaar.’
Abel stak in het water zijn vinger uit en de karper begon er luid smakkend aan te zuigen. Van dit plan was één ding zeker: als hij hiermee instemde, zou hij aan het einde van de rit zonder geld en zonder smarties ergens in een Brabantse sloot liggen. Vermoedelijk met een bullet in zijn hoofd.
‘Klinkt goed,’ zei Abel met de karper aan zijn vinger, ‘maar hoe weet ik dat ik niet geript word?’
‘Vertrouw je me niet?’
‘Jou wel, maar dit gaat via via zeg je net. Ik wil graag zeker weten dat ik goeie smarties krijg. Dat ik straks niet bij die gast in Frankrijk aankom met een paar zakken paarsgeverfde aspirientjes.’
‘Haha, dat zou een goeie zijn!’
‘Nou niet dus; die gast is een mofo.’
Om tijd te winnen nam Abel een slok bier en staarde naar de vis aan zijn vinger. Behalve het gesmak van de karper bleef het stil op het terras. Toen zei hij: ‘Ik heb een idee. Als we nou eerst

een klein dealtje doen. Ik geef een beetje geld, hij geeft een paar smarties om te testen.'
'Tja, dat ligt eraan. Het moet wel voor alle partijen interessant blijven. Wat vind jij "een beetje geld"?'
'Duizend euro?'
De Kolonel kwam overeind. Hij liep naar de tuindeur en hield die open. 'Houdoe, Fransman.'
'Het is alleen om te testen!' riep Abel. 'Als die smarties oké zijn, doen we meteen de rest. Vijfenzeventigduizend piek.'
'Hm,' gromde De Kolonel getergd. 'Oké. Wacht.' Hij liep naar binnen, Abel beduusd achterlatend.
Even later was hij terug.
'Hier.' Ruw duwde hij Abel iets in zijn hand. 'Deze krijg je van mij. Proberen. Vanavond app ik de prijs en dan wil ik ja of nee horen. Wat is je nummer, eh... Hoe heet je eigenlijk?'
Abel keek in zijn hand. Er lagen twee paarsroze pilletjes in.

Hoofdstuk 29

Kimberley Schellekens droeg een strakke jurk van wit kant met rode knoopjes. Ze had een diep decolleté met twee zonnebankbruine borsten en volle roodgestifte lippen. Op aanraden van haar kapster was haar lange haar dit keer geverfd in een kleur die 'Dirty blond' werd genoemd.

Ze stond in haar smetteloze keuken die zelden werd gebruikt en scrollde op haar iPad door het menu van de afhaalchinees.

Ze hoorde haar man de trap af komen. De deur zwaaide open en hij kwam binnen. Trainingsbroek, t-shirt, een dikke witte handdoek om zijn nek. Hij hijgde nog een beetje.

'Hai, schattie,' zei Kimberley. 'Ging het goed?'

De Kolonel liet zich op de bank ploffen. 'Ja, beetje aan de gewichten gerukt, halfuurtje op de zak. Lekker.' Hij strekte zijn benen uit en legde zijn voeten op de salontafel.

Kimberleys vinger met de lange, felroze gelakte nagel was gestopt bij nr. 38, tjap tjoy met garnalen. 'Wat doen we met eten?'

Met een punt van de handdoek veegde hij het zweet van zijn gezicht. 'Nr. 38,' zei hij zonder aarzelen. 'Tjap tjoy met garnalen. En doe me een biertje.'

Kimberley trok de ijskast open. Ze kende haar prioriteiten; eerst dat biertje, dan de Chinees.

'Nou je toch achter je computer zit,' zei hij nadat een lange slok had genomen. 'Ik ben bezig met een deal. Die gast heet Abel. Abel Jongbloed, check hem 'ns uit. Hij zit in Frankrijk, in de wijn.'

Het was pas twee uur later dat Kimberley zich eindelijk wist los te rukken van haar iPad. De salontafel in de zigeunervilla stond vol half leeggegeten witte plastic bakjes, het videoscherm aan de muur toonde beelden van een herhaling van NAC Breda – PSV, maar De Kolonel lag languit op de bank te ronken.
Ze zette de tv uit en schudde haar man zachtjes aan zijn schouder. 'Sjengie! Wakker worden. We gaan zo naar boven.'
De slapende reus produceerde geluiden die deden denken aan rollende vaten door een wijnkelder en kwam gapend overeind.
'Kijk hoe schattig!' Ze hield hem haar iPad voor. Op het scherm hipte een kastanjekleurig diertje met een grote pluimstaart over een tak en keek met kleine kraaloogjes in de camera.
'Wat is dat?'
'Filmpjes van die vent van je, die Abel. Ze hebben een babyeekhoorntje. Zo schattig, moet je kijken...' Ze schoof dicht tegen hem aan en startte het volgende filmpje.

***

Op het moment dat De Kolonel en zijn vrouw op hun witleren bank het ene Eekiefilmpje na het andere bekeken, zaten Abel en inspecteur Bonkers op camping De Duiventil in Dorst in klapstoeltjes onder de dennebomen. Op het kampeertafeltje tussen hen in lagen twee paarsroze pilletjes.
'Hoe weet je nou of ze echt zijn?' vroeg Abel.
'Ik kan ze meenemen naar het lab. Daar kunnen ze een test doen om te zien of deze matchen met de bekende soorten. Als ze daar niet bij zitten, moeten ze verder zoeken. Dat duurt een week.'
'Een week? Hij moet vanavond antwoord hebben.'
'Dan zit er maar één ding op...' Met een vileine glimlach schoof

de politie-inspecteur de paarsroze pilletjes naar Abel. 'Prettige wedstrijd.'

Nadat Bonkers was vertrokken ('Ik kan geen getuige zijn als jij hier drugs zit te gebruiken, maar bel me gerust als er wat misgaat...') had Abel een glas water ingeschonken.
Terug bij het tafeltje keek hij peinzend naar de twee vrolijk gekleurde pilletjes. Ga ik het doen? Ja, ik ga het doen. Ik heb in mijn leven aardig wat bij elkaar geblowd, geslikt en gesnoven, dus ik ben ervaringsdeskundige, maar nu ga ik dus gewoon keihard ecstasy proberen. Hij grinnikte, Angela maar even niet bellen, die gaat me vierendelen... Oké, daar gaan we.
Hij stak een pilletje in zijn mond en spoelde het weg met een slok water. Zo. Wat nu? Muziek! Op zijn telefoon opende hij Spotify en scrollde door zijn All Time Greatest playlist. Na enig nadenken leek 'Beat it' hem wel toepasselijk. Met het halfvolle glas water in zijn hand bewoog hij mee op de opzwepende sound van Michael Jackson. Ik ga ze beaten, dacht hij met een grote grijns. Beat it! Maar eerst wat eten. Met een soepele beweging boog hij zijn lange lijf en verdween in het campertje.
Gebukt in het piepkleine keukentje draaide hij op de beat van Beat it met swingende heupbewegingen een blik witte bonen in tomatensaus open, stortte de inhoud in een pannetje en stak het gasje aan.
Tijdens het roeren in de bonen piepte er een appje binnen: '1€ pp.'
'Haha, precies goed! Doe d'r maar vijfenzeventigduizend!' lachte hij door de muziek heen.

Met het borrelende pannetje stapte hij naar buiten en maakte het zich gemakkelijk op de drempel van het kampeerbusje.

Zijn playlist was inmiddels aangekomen bij 'Eye of the Tiger' van Survivor. Hij lepelde de bonen naar binnen en zag zichzelf voor een juichende menigte in een witte badjas door de boksring schrijden. Halverwege de maaltijd merkte hij dat hij moeilijk stil kon blijven zitten. Hij kwam overeind en danste met het pannetje in zijn hand en wapperend haar op de muziek van Guns N' Roses. 'Welcome to the Jungle.'

Langzaam zakte de zon achter de boomtoppen en drenkte het bos in de kleur van bloedsinaasappels. Abel danste nog steeds wild in het rond, maar zijn stemming veranderde. Hij viel ten prooi aan weemoedige gevoelens. Hij zag de Mas des Anges voor zich, omringd door uitgestrekte velden met lavendel onder een warme deken van krekelgetjirp. Het geluid van de musjes tussen de blaadjes van de plataan op de binnenplaats, de wijngaard beladen met druiventrossen, zijn sfeervolle oude slaapkamer op het wijndomein, lekker uitgebreid knuffelen met Angela in hun roodfluwelen hemelbed.
De schemering viel in, maar Abel merkte het niet. Op de open plek tussen het kampeertafeltje en zijn Volkswagenbusje danste hij door met hernieuwd enthousiasme en gaf met behulp van het lege steelpannetje, luchtgitaarsolo's waar Eddy Vanhalen een punt aan kon zuigen. Pas een dik uur later realiseerde hij zich dat hij in het pikkedonker als een bezetene stond te headbangen. Verbaasd liet hij zich in het kampeerstoeltje ploffen, greep zijn telefoon en zette de muziek uit. 'Djiezus… Fucking… Christ,' hijgde hij. 'Heavy stuff...'

Dit positieve resultaat van de zojuist geteste handelswaar vatte hij kernachtig samen in het bericht dat verscheen op de telefoon van de slapende Kolonel: 'Goeie shit.'

Hoofdstuk 30

De volgende ochtend sliep Abel een gat in de dag. Om tien uur lag hij nog steeds in zijn campertje te snurken toen hij wakker schrok van een appje.

Bonkers: 'Leef je nog?'

'Bl jk zp,' appte Abel slaapdronken terug. Krom van de spierpijn richtte hij zich op en stootte zijn hoofd. Kreunend stommelde hij zijn busje uit, greep een handdoek van de stoel en wankelde naar het douchehok.

Toen hij met nat haar zijn campertje weer binnenging, belde hij Angela om verslag te doen, waarbij hij zijn nachtelijke danspartij wijselijk achterwege liet.

'Vanmiddag maken we de deal en dan rij ik meteen naar huis.'

'Wat fijn! Wat heerlijk! Doe je alsjeblieft voorzichtig, lieverd?'

'Yeah! Hoe is het in de B&B?'

'Geweldig!' lachte ze. 'Het is hier fantastisch weer en er bloeit nog steeds van alles! De kleuren zijn echt prachtig. Die jongens van het zigeunerorkest hebben een paar dagen bijgeboekt. Ze spelen elke ochtend bij het ontbijt op de binnenplaats onder de boom. Hartstikke leuke muziek, Aab. Dat zou wat voor jou zijn! En onze logees vinden het helemaal te gek. Het is echt supergezellig hier. We hebben een stel nieuwe gasten, leuke jonge mensen. Het is wel druk allemaal, maar de Zwijnekopjes komen elke dag helpen. Monsieur Zwijnekop geeft de wijnproeverijen en dat doet hij heel grappig! Hij had het gisteren zelfs nog over een kaasplankje, of dat niet een goed idee zou zijn...

En ze zorgen ook voor warme croissants en ontbijtjes met vers fruit. Ze willen niet meer weg, hahaha! Ik hoop dat…'
Er piepte een appje binnen: 'Kom naar tankstation Galgeveld. Nu!'
'Ik moet weg!' riep hij. 'Tot morgen, lief schatje! In gedachten omhels ik je.' Haastig kleedde hij zich aan, sprong achter het stuur en startte zijn campertje.

Rijdend langs uitgestrekte maïsvelden, tikte hij 'Galgeveld' in en belde Bonkers. 'Ze willen de deal maken! Ik moet naar het Galgeveld komen!'
'Shit! Wanneer?'
'Nu!'
'Oké, oké, we zijn bijna bij je, dus stop even ergens en wacht tot je ons ziet. We volgen je dan op afstand, dus niet te snel. En denk eraan, als hij de locatie noemt, dan herhaal je die hardop. Dan kunnen we meeluisteren.'
'Oké, doe ik.'
'Niet vergeten!'
'Natuurlijk niet!'
Abel stopte en wachtte in de berm. Na een minuut of vijf zag hij in zijn achteruitkijkspiegel een drietal neutrale personenauto's en een wit busje aankomen. De voorste knipperde eenmaal kort met zijn lichten.
Hij startte de motor.

***

Abel reed de afslag van het tankstation op en er verscheen een appje: 'Ik zie je. Rij door naar het eind van de truckparking.'
Hij reed langs de benzinepompen naar de parkeerplaats.

Na de laatste vrachtwagen, vlak voor de oprit naar de snelweg, stond een witte Dodge Ram met draaiende motor. Hij parkeerde erachter, liep ernaartoe en trok het zijportier open.
'Bon-zjoer!' grijnsde De Kolonel.
'Bonjour,' zei Abel en stapte in. Meteen gaf De Kolonel gas en scheurde de snelweg op. Abel werd achterover in zijn stoel geworpen. In zijn worsteling om snel zijn gordel vast te klikken zag hij op de achterbank twee mannen. Ze droegen zwarte leren motorjacks met gele nametags 'Gipsy bandits' en 'Security'. De linker had een gebroken neus, zijn haar was afgeschoren en op zijn kale kop was met gotische letters 'Vendetta' getatoeëerd. Zijn maat had een plat gezicht dat voor een groot deel schuilging achter een korte, grijs doorschoten baard en een zwarte zonnebril.
'We halen zo de handel,' zei De Kolonel. 'Heb jij de centen?'
'Zeker.'
'Vanmiddag maken we de deal.'
'Oké. Waar?'
'Over een uur, op de parkeerplaats bij Van der Valk Breda.'
Abel keek op zijn horloge. 'Half een, parkeerplaats Van der Valk. Moet lukken.'
'Met de centen.'
'Zeker.'
'Mooi.' De Kolonel zette zijn richtingaanwijzer aan en nam de afslag. 'Ik breng je terug naar je kar. Trouwens, hoe is het met Eekie?'

***

'Van der Valk is een perfecte plek!' riep Bonkers door de telefoon. Het was voor het eerst dat Abel hem enthousiast hoorde.

'Ik zorg dat het arrestatieteam daar klaarstaat. Don't worry, hij kan daar geen kant op. We gaan hem pakken, die bastard! Je bent een held, Abel! Dit wordt de kroon op mijn werk! Geweldig!'

Abel reed terug naar de camping, rekende zijn verblijf af en klapte tafeltje en stoeltjes in. Binnen in zijn campertje schoof hij de gordijntjes dicht, deed de deuren op slot en zette de versleten rugzak voor zich op tafel. Vreemd genoeg voelde hij iets van weemoed toen hij de met elastiekjes samengebonden pakjes vijftigjes zag. Een van de weinige ontroerende elementen in de malle rollercoaster waarin hij was beland: in zijn caravan op de zondoorstoofde kalkvlakte had Pierre het hem toevertrouwd, dit smoezelige fortuin in de loop van een half mensenleven bij elkaar gemetseld, getegeld en getimmerd. En nu lag dat halve mensenleven hier op zijn campingtafeltje. En straks, op de parkeerplaats bij Van der Valk, zou het in handen vallen van De Kolonel. Dan zouden die nijver bij elkaar gebeunhaasde vijftigjes veranderen in zakken vol paarsroze pilletjes, waar onvermoeibare partytijgers nachtenlang op zouden dansen.
Voor zover hij kon nagaan klopte het bedrag en hij propte de bundeltjes terug in de rugzak. 'Allez, we gaan het doen! Attaque!'

Hoofdstuk 31

Er zijn beroepen waar de dood altijd op de loer ligt. Brandweerlieden die vechten tegen de vuurzee, militairen die worden opgeblazen door bermbommen, maar zeker ook de leden van de arrestatieteams van de politie, kortweg AT's. Zij worden ingezet wanneer zwaarbewapende criminelen moeten worden aangehouden.

In het geval Sjeng Schellekens aka 'De Kolonel' had Bonkers gekozen voor zijn ster-team Allegonda, vijf staalharde vechtmachines met jarenlange ervaring. Ze reden in drie gepantserde BMW's die zich met hun neutrale kleuren in niets onderscheidden van gewone personenauto's.

Dit keer waren het uitsluitend mannen. Ze droegen grijze bivakmutsen en hun standaard-uitrusting: de kogelwerende helm Titan, met een vizier van gepantserd glas dat 9mm-kogels kan weerstaan, een kogelvrij vest van het merk First Spear model AAC, dat bestand is tegen munitie van een AK-47-aanvalsgeweer, plus opzetstukken voor nek en armen. Hun bewapening bestond uit een beenholster met een Glock-17 9×19mm Parabellumpistool, een Heckler & Koch MP7 machinepistool met geluiddemper en laser- en lichtmodule, geladen met CPS Black Tip-munitie; kogels van gehard staal met een verhoogd penetratievermogen, speciaal ontworpen voor pantserdoorboringen en een cyclische vuursnelheid van 950 kogels per minuut. Plus natuurlijk de hele reutemeteut aan handboeien, Taser, pepperspray, schoudermicrofoon, etc.

Teamleider Adrian, zijn adjudant Berry en de andere drie politiemannen hadden er zin in; het was mooi weer, helder zicht en de operatie, met alleen Sjeng en slechts twee bendeleden, leek niet al te ingewikkeld. Zodra hij de parkeerplaats opreed, zouden twee auto's de in- en uitgang afsluiten, de mannen in de derde auto zouden de Dodge Ram klemrijden. De Kolonel zou het wel uit z'n hoofd laten om zich tegen zo'n zwaarbewapende overmacht te verzetten, dus als het een beetje meezat, konden de vijf politiecommando's vanavond gewoon met een biertje op de bank Studio Sport kijken.

***

Agenant, aan het stuur van een vaalwit Fordbusje, volgde het oranje campertje dat op de A16 voor hem uit reed.
Bonkers zat met zijn koptelefoon op naast hem. 'Martin!' riep hij in zijn microfoon. 'Heb je de drone in de lucht?'
'Yep!'
'Waar zit die Dodge?!'
'Die zit twee auto's achter je! Ik hang honderd meter boven jullie.'
'Fuck!' riep Bonkers. 'Adrian! We komen eraan! Zijn jullie op locatie?'
Arrestatieteamleider Adrian klemde zijn hand om de kolf van zijn machinepistool. 'Parkeerplaats Van der Valk. We staan in positie. Komt er al wat?'
'Nog tien minuten.'
'Prima.'
Abel was zich in het geheel niet bewust van deze draconische voorbereidingen. Hij had een cassettebandje van Abba opgezet en galmde mee met 'The winner takes it all.'

Hij schrok op toen zijn telefoon op de passagiersstoel rinkelde. 'Zet die verdomde kutmuziek uit, gek!' schreeuwde Bonkers. 'Ik krijg het kneiterhard in m'n headphones!'
'Sorry,' lachte Abel. 'Even niet aan gedacht.' Hij drukte de muziek uit. In de verte verscheen het blauwe bord van de afslag Breda-West. 'Ha, hier moet ik eraf.' Hij wilde zijn richtingaanwijzer aanzetten toen zijn telefoon opnieuw ging. Hij nam op.
'Niet afslaan,' beval De Kolonel. 'We gaan ergens anders heen.'
'Wat? Waarom?'
'Daarom. Rij door en neem afslag Den Bosch/Waalwijk. Volg de A59. We houden je in de gaten. Je hoort zo meer.'
'Oké,' herhaalde Abel braaf. 'Afslag Den Bosch/Waalwijk. De A59.'
'Verdomme!' schreeuwde Bonkers. 'Adrian! Heb je het gehoord? Die klootzak gaat naar een andere locatie! Iedereen weg bij Van der Valk. Rij de A59 op! Nu!'

Het was niet druk op de weg. Met een kalm gangetje reed Abel in zijn busje langs uitgestrekte maïsvelden afgewisseld met akkers die al waren geoogst, kraaien pikten tussen de stoppels, de zon glanzend op hun zwarte vleugels. In de verte tekende zich een dorpje af, een kerkje, een paar boerderijen, langgerekte stallen met kleine raampjes. Varkens of smarties? vroeg Abel zich af. Anyway, welkom in Brabant. Omdat hij 'Oerend hard' van Normaal niet voorhanden had, duwde hij een cassette van Bruce Springsteen in de recorder. Terwijl hij onder een blauwe lucht met witte Hollandse wolken langs een eindeloze rij populieren reed, zong hij met lange uithalen: 'Down to the river, though I know the river is dry...'
Toen schoot hem Bonkers' muziekverbod te binnen en snel zette hij de muziek weer uit.

Doe ik dit nou allemaal wel goed? peinsde hij even later. Of ben ik bezig down the river te gaan? Waar eindigt deze krankjoreme lsd-trip? Wat als die gasten me rippen? Voor de rugzak met het geld had hij in zijn campertje onder de matras dan wel een geheime bergplaats gefabriekt, maar ja, als je je kwaad maakt heb je die zo gevonden...
Hij schudde zijn hoofd. Tegen dit soort gasten kan ik toch niet op, besloot hij. Kome wat komen gaat.
Hij reed onder een viaduct door. 'NAC, parel van het zuiden', was erop gekalkt. Hij glimlachte en dacht aan zijn oefensessie met Bonkers.
Zijn telefoon ging. 'Zometeen pak je de afslag Kaatsheuvel,' beval De Kolonel.
'Kaatsheuvel?' herhaalde Abel verrast. 'Gaan we naar de Efteling?'
'Neem die afslag,' blafte de Kolonel. Maar rij de Efteling voorbij en sla een kilometer daarna rechtsaf de Bosweg in. Na vijfhonderd meter zie je links de personeelsingang. Het hek staat open. Rij daar naar binnen. Je hoort me zo weer.'
'Oké,' zei Abel. 'Voorbij de Efteling, personeelsingang, bosweg, hek staat open. Tot zo dan.'
'Shit! De Efteling!' Bonkers dacht bliksemsnel na. Twaalf uur. Drukst van de dag. Mensenmassa's. Vrouwen, kinderen. In een deel van een seconde nam hij een beslissing: 'Adrian! Je hebt het gehoord! Ze gaan naar de Efteling. Via de personeelsingang, Bosweg. Wij gaan er bij de eerste afslag tussenuit, jullie gaan achter ze aan. Maar ga daar in die mensenmenigte in godsnaam niet lopen knallen!'

Halverwege de Bosweg gaf de witte Dodge Ram plotseling vol gas en spoot Abel voorbij. De Kolonel stak zijn arm uit het raam

en gebaarde Abel hem te volgen. Met rood oplichtende remlichten scheurde hij een openstaand hek binnen.
Ze reden over een pad dat door een haag van rhododendrons aan het oog werd onttrokken. De Dodge stopte bij een verlaten bouwplaats onder de ijzeren pijlers van de achtbaan. De Kolonel liet de motor lopen, de deuren zwaaiden open, de mannen stapten uit.
Abel parkeerde wat verderop en liep naar ze toe. Hoog boven zijn hoofd denderde met hels lawaai een karretje met joelende mensen over de rails van de achtbaan.

De bodyguard met de baard en de zonnebril opende de achterdeur van de Dodge en haalde er een vierkant apparaat uit met een woud van rechtopstaande antennes. Hij drukte een knop in en zette het op het dak.
'Zo,' grijnsde De Kolonel. 'Nu zijn we onder ons.'
Niet-begrijpend keek Abel hem aan.
'Een signaal scrambler. Kost een centje, maar dan heb je ook wat. Een high power stoorzender. Blaast tot op honderd meter alle signalen aan gort. Telefoon, wifi, camera, alles kaputt. Mooi, hè? We zijn gegarandeerd alleen.'
'Maar waarom hier?'
'De Efteling is lekker druk, maar hier is het stil want ze zijn aan het bouwen.' Hij maakte een gebaar naar de bodyguard met de gebroken neus en de Vendetta-tattoo op zijn kale kop. 'Darko, geef 'm het spul maar.'
Darko trok een zwarte Adidas-sporttas van de achterbank en zette die op de opengeklapte laadplank.
Met zijn vlakke hand sloeg De Kolonel op de tas. 'Je bestelling. 75.000 smarties.'
Abel knikte. 'Mooi man. Tof! Mag ik 'ns kijken?'

'Tuurlijk.' Hij ritste de tas open.
Rijen plastic zakken vol paarsroze pilletjes glansden Abel tegemoet. Hij krabde zich in zijn haar. 'Eh, juist ja... Dus dit is ecstasy.'
De Kolonel gromde.
'En eh... Het zijn dezelfde als die je mij hebt gegeven?'
'Ja.'
'Oké, en eh... Het zijn er 75.000?'
De Kolonel was het getreuzel beu. Hij stak zijn hand uit. 'M'n geld.' De twee bodyguards gingen rechtop staan.
'Oké, oké...' Abel pakte de sporttas.
De kaalkop sprong naar voren en greep het hengsel.
'Laat maar, Darko,' suste De Kolonel. 'Wij vertrouwen mekaar.'
Abel liep naar zijn campertje, haalde de rugzak uit de schuilplaats, propte de sporttas erin en dekte hem weer af. Met de rugzak in zijn hand liep hij terug. 'Alsjeblieft.'
Baardmans kwam naar voren, nam hem over en stapte ermee achterin de Dodge.
'Wat gaat hij doen?' vroeg Abel.
'Tellen.'
Ze wachtten. Hoog boven hun hoofd passeerde met donderend geraas een rollercoaster vol gillende meiden.
Op hetzelfde moment gierden drie BMW's de hoek om, de deuren vlogen open en vijf zwaargewapende politiemannen sprongen naar buiten. Darko liet zich onder de auto rollen, trok een pistool en vuurde op de agenten. Machinepistolen ratelden en sloegen gaten in het metaal van de achterbak. De Kolonel dook in de Dodge, gaf gas en scheurde weg. Adrian richtte zich op en loste een salvo op de banden. Abel liet zich plat op de grond vallen. Onder de kogelregen tijgerde hij achteruit en verborg zich onder zijn campertje.

De Dodge begon te slingeren en knalde frontaal tegen een boom. De politiemannen renden ernaartoe en omsingelden de auto. Adrian rukte het portier open. De Kolonel hing over de ontplofte airbag, uit zijn mondhoek sijpelde een straaltje bloed. Knipperend met zijn ogen keek hij op.
'Naar buiten!' schreeuwde Adrian, zijn vinger om de trekker.
Een vaalwit Fordbusje stoof met piepende banden de bouwplaats op, voordat hij stilstond dook Bonkers al met getrokken pistool naar buiten. Twee agenten draaiden de gewonde Darko op zijn rug. Adrian en Berry trokken De Kolonel naar buiten en klikten hem handboeien om. Aan de andere kant van de Dodge stapte baardmans uit, zijn handen in de lucht.
Een donkerblauwe overvalbus en een ambulance kwamen achter elkaar het terrein oprijden.
Toen vier minuten later het volgende rollercoasterkarretje over de bouwplaats denderde lag die er stil en verlaten bij. Alsof er nooit iets was voorgevallen.

***

Abel zat aan een tafeltje in La Place Gilze Rijen. Met een wijsvinger die nog een beetje natrilde appte hij Angela: 'Het is gelukt. Alles OK. Ik rij zo weg. Morgenmiddag thuis!!!! XXX'.
Toen Bonkers naderde keek hij op.
'Nou,' zei de politieman en zette een dienblaadje met twee broodjes tonijnsalade en twee cappuccino's neer. 'Dat was me een mooi feest.'
Abel glimlachte vaag.
Bonkers ging zitten en nam een hap van zijn broodje. 'Maar jij hebt geluk gehad,' zei hij kauwend.
'Nou en of.' Abel pakte zijn koffie. 'Hoezo eigenlijk?'

'Ze wilden je rippen.'
Verschrikt keek hij op. 'Echt?'
'Ja. Ze hadden helemaal geen ecstasy bij zich.'
'Nee!'
'Ja, we hebben overal gezocht. Niks te vinden. Je hebt mazzel gehad.'
'Djiezus! Wat een schurken! Maarre, hoe gaat dat dan met dat geld? Krijg ik dat wel terug?'
'Natuurlijk. Je werkte voor ons als pseudokoper, dus zodra alles is afgehandeld krijg je het terug.'
'Wanneer? Ik rij zo naar huis en ik kan niet met lege handen bij Pierre aankomen.'
'Zodra het onderzoek is afgerond, krijg je het terug. Ik mail je een bevestiging van de inbeslagname. Dan kun je die aan Pierre laten zien.'

Hoofdstuk 32

Twaalfhonderd kilometer later reed Abel het bergpad naar de kalkgroeve op. Afgezien van een paar uurtjes slaap op een truckparking bij Lyon, had hij het hele eind in een keer gereden. De zon stond hoog boven de heuvels en ondanks dat hij de raampjes omlaag had gedraaid, was het warm in zijn busje.

'Hè hè, we zijn d'r,' zei hij tegen zichzelf. 'Dat zit erop. Een mooi avontuur, maar blij dat het achter de rug is.'

Boven op het plateau draaide hij de afgraving op. Voorzichtig manoeuvreerde hij langs de afgrond en stuurde zijn campertje tussen de witbestoven bulldozers door naar de bergen kalk die blikkerden in de zon.

Bij de caravan in de verte ging het deurtje open en kwam Pierre naar buiten. Hij had een vlekkerig geel t-shirt aan dat om zijn gespierde borst en armen spande.

'Abèl!' riep hij. 'Eindelijk! Daar ben je dan!'

Abel parkeerde en stapte uit.

Pierre nam hem in een berenomhelzing. 'Abèl! Mon ami! Goed je weer te zien!' Hij sloeg Abel op de schouders alsof hij de verloren zoon was. 'Hoe ging het? Heb je gescoord?'

Abel maakte zich los uit zijn greep. 'Jazeker.' Hij draaide zich om, trok de Adidastas uit de bergplaats en hield hem omhoog. 'Voilà.'

Pierre nam de tas van hem over. 'Wow!' Hij straalde. 'Het is gelukt!'

Abel wilde iets zeggen, maar onverwacht stapte Pierre naar

achteren en keek hem vanonder zijn sluike blonde haar wantrouwend aan. Zijn lach was verdwenen, zijn stemming leek opeens omgeslagen. 'Je bleef lang weg.'
Abel haalde zijn schouders op. 'Valt mee. Angela had je toch gebeld?'
Hij bleef Abel argwanend aanstaren. Opeens lachte hij weer. 'O ja, Angela. Ze had me nog gebeld... Kom. Ik ben zo benieuwd!'
Hij draaide zich om.

In de caravan was het benauwd, maar dat leek Pierre niet te deren. Hij zette de tas op tafel onder de nepkristallen kroonluchter en ritste hem open. Ze keken naar de paarsroze inhoud. Geen van beiden zei iets. Alleen het monotone gezoem van het ventilatortje op het keukenkastje dat de warme lucht in de caravan met een trage boog van links naar rechts verplaatste, was te horen.
Na een tijdje stak Pierre zijn hand uit en prikte met een gestrekte wijsvinger in een zak pilletjes. 'Dus dit is ecstasy.'
Abel knikte. 'Yep.'
Pierre knikte nadenkend. 'Hoe weet ik dat?'
Abel glimlachte. 'Er is maar één manier...'
Met een felle blik keek Pierre op. 'Wat bedoel je?"
'Eet het en je weet het.'
Pierre haalde een zak uit de tas en betastte door het plastic de paarsroze pilletjes. Toen trok hij een mes, maakte een snee in de zak, haalde er een pilletje uit en gaf het aan Abel. 'Jij doen.'
'Ik heb ze al getest.'
Pierre keek hem met half dichtgeknepen ogen aan. 'O ja?'
'Ja.'
'En?'
'Het was helemaal te gek!'

Achterdochtig staarde hem Pierre aan. Opeens barstte hij in lachen uit. 'Rare hippie! Je bent mijn held!' Hij stak zijn hand uit en wreef met een speels gebaar Abels haar door de war. 'Kom, ga zitten! Wijntje?' Zonder antwoord af te wachten, greep hij een fles witte wijn en schonk twee glazen in.
Vanaf de caravanwand keken het huilende zigeunerjongetje en de fiere herdershond hoe de twee mannen, over de Adidastas tussen hen in, hun glazen tegen elkaar tikten.
Pierre nam een slok. 'Ahhh... Lekker...' Hij boog zich vertrouwelijk voorover. 'Zeg nou 'ns eerlijk, Abèl. Zijn het er wel 75.000?' Hij grijnsde toegeeflijk. 'Ik kan ze toch moeilijk gaan zitten tellen?'
Abel leunde achteruit om Pierre's lauwwarme wijnkegel te ontwijken. 'Het zijn er 75.000.'
Opeens was Pierre's blik vol wantrouwen. Minachtend trok hij zijn lippen op in een wolfachtige grauw, het licht van de kroonluchter glinsterde even op zijn gouden tand.
'Hoe weet ik dat?'
'Heb je een weegschaal?'
Zonder een woord stond Pierre op, trok het kastje open en zette een keukenweegschaal op tafel.
'Kijk,' zei Abel. 'Het is simpel. Je telt er vijftig uit, die weeg je, en dat maal vijftienhonderd. Dan weet je het gewicht van 75.000 pilletjes. Daarna hoef je alleen maar die zakken te wegen en je ziet of het klopt.' Hij kwam overeind, bukte voor de kroonluchter en wokkelde zich tussen het tafeltje en het bankje uit. 'Ik ga d'r vandoor. Angela wacht op me. Zullen we even dat filmpje deleten?'
Pierre was al begonnen met tellen en maakte een geërgerd gebaar. 'Hè, verdomme! Hou je kop. Nou kan ik opnieuw beginnen.'

'Dat filmpje...'
Hij schudde woest zijn hoofd. 'Eerst die pilletjes...'
Met een zucht schoof Abel weer tussen bankje en tafeltje. Hij pakte zijn telefoon en appte Angela. 'Kom er zo aan. Even bij Pierre. Halfuurtje nog. Tot zo! XXX'

***

Abel staarde door de ongewassen vitrage naar buiten. Op de kalkvlakte leunde een roestige graafmachine op zijn stalen arm; de graafbek naar binnen gevouwen als een machtige vuist onder zijn kin. De denker van Rodin.
Hij zuchtte diep en keek hoe Pierre met zijn tong uit zijn mond verbeten op zijn calculator zat te tikken. My god! Dat ik toch ooit met die gek in zee ben gegaan! Hij spoort voor geen meter. Maar goed, nu is het klaar. Over een half uurtje zit ik heerlijk met mijn liefje aan de wijn. Dan heb ik deze kapitale flater rechtgezet. Hoe heb ik me hier toch ooit in laten luizen?
Hij ging verzitten. Wat kan ik hier nou van leren? Hij kwam er niet uit. Nou ja, een ervaring rijker, besloot hij. En als het meezit ook nog 75.000 euro. Hij zag een Marlborough-reclamefilm van vroeger voor zich. Een stoere cowboy met een lasso aan zijn zadelknop galoppeerde op zijn paard door een schuimende rivier. 'The work is done, the river crossed.' In zijn hoofd klonk de bijbehorende heroïsche bioscoopmuziek.
Pierre had intussen vijftig pilletjes geteld en gewogen. Nu tikte hij met een geconcentreerde frons op de calculator in zijn telefoon. Getallen mompelend maakte hij notities op de rand van een folder van de Auchan. Geruime tijd bleef hij gebogen over zijn rekensom. Toen hief hij langzaam zijn hoofd op en keek Abel door het haar voor zijn ogen met een loerende blik aan.
'Veertigduizend.'

‘Wat bedoel je?’
‘Dit zijn veertigduizend pilletjes. Nog niet eens. Het zijn er om precies te zijn negenendertigduizend vierhonderd nog iets.’
‘Dat kan niet. Laten we opnieuw tellen.’
‘Ik heb het al drie keer geteld. Ik kom elke keer uit op hetzelfde.’
‘Laat mij dan ’ns.’ Abel woog vijftig pilletjes en maakte de calculatie op zijn telefoon. Aan de andere kant van het tafeltje volgde Pierre met tot spleetjes geknepen ogen elke beweging.
‘Shit!’ Verbaasd keek Abel op. ‘Je hebt gelijk!’
‘Precies. Dus waar is de rest?’
Abel maakte het geluid van een autoband die lek werd gestoken en schudde vertwijfeld zijn hoofd. ‘Geen idee.’
‘Je hebt niet toevallig de helft achterovergedrukt.’
‘Nee! Natuurlijk niet!’
‘Laten we toch maar even in je camper gaan kijken.’
Met een verbeten gezicht greep Pierre een geweer uit het rek.

Bij het busje zette hij zijn geweer tegen de bumper en trok de deur open. Abel keek lijdzaam toe hoe hij de stoelzittingen en de matrasjes bevoelde, de wanden beklopte en ten slotte als een dolle stier het volledige interieur van de camper overhoop rukte. Hijgend kwam hij weer naar buiten. ‘Het is hier niet.’
‘Nee, want ik heb het niet. Ik denk dat ze me getild hebben!’
Pierre was in twee stappen bij hem. ‘Als jij denkt dat je mij kan naaien…’ Zijn stem was dik van woede. ‘Dan heb je de verkeerde.’ Hij ging wijdbeens voor Abel staan. Tachtig kilo botten en spieren, de gezwollen aderen op zijn slapen klopten zichtbaar. ‘Waar is de rest?!’ schreeuwde hij. ‘Waar heb je het verstopt? Zeg het!’ De knokkels van zijn hand waren wit van de kracht waarmee hij zijn vuisten balde.
Abel dacht koortsachtig na. Als hij het geld van Bonkers terug-

kreeg, zou hij hem kunnen terugbetalen. 'Ik kan…'
Opeens sloeg Pierre keihard toe. 'Hou je bek!'
Abel struikelde achterover en viel op de grond. Versuft streek hij over zijn lippen. Zijn hand rood van het bloed. Verbaasd keek hij omhoog.
'Dief!' schreeuwde Pierre. 'Mij bestelen, hè?' Hij greep zijn geweer en richtte de loop op Abels hoofd. 'Opstaan!'
Abel krabbelde overeind.
'Daar!' Pierre wees met zijn geweer naar de met grafitti volgespoten stacaravan aan de andere kant van het plateau. 'Daar naartoe!'
Abel krabbelde overeind en keek in de aangeduide richting. De kalkvlakte blikkerde in de hitte. Hij kneep zijn ogen dicht tegen al dat wit en begon te lopen. Bij elke stap stoof een wolkje kalk omhoog rond zijn sandalen.
Met de loop van zijn geweer stootte Pierre hem hard in zijn rug. 'Opschieten, dief!'
Abel zag dat er een zware grendel aan de buitenkant van de caravan zat. Met een geheimzinnige grijns trok Pierre het deurtje open. 'Kijk eens wat mooi? Jouw nieuwe huisje!'

Binnen was het een enorme bende. De triplex wanden hadden losgelaten en hingen troosteloos naar voren, de zittingen van de bankjes waren opengescheurd en bedekt met schimmel. Het tafeltje lag bezaaid met dode bromvliegen en het stonk er naar menselijke uitwerpselen.
'Ga maar lekker zitten,' zei Pierre, die achter hem liep. Hij wachtte tot Abel zich op het bankje had gewurmd en stak zijn hand uit. 'Als je mij nu even je telefoon geeft…'
Verbluft deed Abel wat hij vroeg.
Pierre stak hem in zijn zak. 'Merci. Nu ben je helemaal van mij.'

Hij stapte de caravan uit, sloot het deurtje en schoof de grendel ervoor.
Abel veegde een deel van het raampje schoon en keek hoe de kleine gespierde man met zijn geweer in zijn vuist de kalkvlakte overstak.

Een poosje later werd de grendel weggeschoven en kwam Pierre weer binnen, het geweer aan de riem over zijn schouder, een fles wijn en twee glazen in zijn hand.
'Zo, ik kom gezellig bij je.' Hij schoof tegenover Abel aan het tafeltje en schonk in. 'Santé!'
Abel raakte zijn glas niet aan.
Meteen verdween de glimlach van Pierre's gezicht. 'Hé, dief!' riep hij geërgerd. 'Proost met me!'
Abel pakte zijn glas en tikte het tegen het zijne.
'En wat zeggen we dan?' vroeg Pierre dreigend.
'Santé.'
'Precies.' Pierre lachte zijn gouden tand bloot. 'Nou, santé, mon ami. We zijn toch nog steeds vrienden?'
Abel knikte vaagjes.
'Je zegt niks.'
'Ja, ja,' haastte Abel zich. 'We zijn vrienden. Zeker.'
'Ha,' lachte Pierre smalend. 'Als je me nodig hebt, ja! Ik heb me helemaal suf gewerkt voor jullie. Je hoefde maar te kikken en ik stond voor je klaar. "Pierre kun je even komen? Pierre doe dit, Pierre doe dat." En ik deed het, want ik vond het fijn. Ik voelde me thuis bij jullie. Voor de eerste keer in mijn leven voelde ik hoe het is om een gezin te zijn. Maar jullie niet! Want na zessen kon Pierre oprotten. Nooit vroeg je of ik mee wou eten. Nee, werken mocht ik, en daarna kon ik opzouten. Zodat jullie weer gezellig met z'n tweetjes waren en Pierre kon alleen naar

z'n caravannetje. Als een hond die in z'n hok moet.' Boos leegde hij in een teug zijn glas. 'En dan geeft Pierre jou zijn zuurverdiende centjes, in vertrouwen, om bisnis mee te doen, en wat doe jij?'

Plotseling sloeg hij keihard op tafel. Glazen vielen om, wijn spatte in het rond.

'Jij stéélt het!' Hij greep Abel bij zijn hemd, rukte hem naar voren en siste in zijn gezicht: 'Geef toe! Jij hebt mijn geld gestolen. Dief! Het geld dat ik heb verdiend door te werken voor JOU!' In zijn mondhoeken zaten kleine spuugbelletjes. Abel keek in zijn ijsblauwe ogen en zag totale leegte.

'Maar nu ben je van mij,' raasde Pierre door. 'En ik hou je hier tot je mijn geld teruggeeft.' Hij kwam overeind. 'Ik ga naar huis. Dan ga ik heel lekker eten en wijn drinken en jij krijgt niks. Tot je mijn geld teruggeeft. Dan ben je weer mijn vriend.'

Hij keek Abel indringend aan, toen vlamde er weer een golf haat door hem heen. Hij haalde uit, maar op het laatste moment veranderde hij zijn arm van koers en ramde zijn vuist dwars door het triplex wandje boven Abels hoofd. Langzaam trok hij zijn hand uit het gat en keek verdwaasd hoe het bloed over zijn vingers droop.

'Ik heb bloed!' Hij klonk als een verbaasd kind. Van zijn bebloede hand keek hij naar Abel. 'Kijk nou wat je gedaan hebt. Omdat jij mijn vriend niet wil zijn, heb ik nu bloed.' Met zijn hand onder zijn oksel stapte hij naar buiten. 'Ik laat je hier zitten tot je mijn vriend weer bent!'

Hij sloeg het deurtje met een klap dicht, schoof de grendel ervoor en liep naar zijn caravan. Halverwege draaide hij zich om en hief zijn geweer. 'Je moet mijn vriend zijn!' Meteen haalde hij de trekker over en schoot dwars door de caravan.

Abel liet zich opzij vallen, hij voelde de hagelkogels langs zijn hoofd suizen.

Hoofdstuk 33

Een groot deel van het succes van B&B Mas des Anges was direct en onmiskenbaar te danken aan het tomeloze enthousiasme van Angela. Verzorgen en verwennen was haar tweede natuur. Ze deed niets liever dan haar gasten in de watten leggen als waren het kostbare Fabergé-eieren. Genieten moesten ze, tot de laatste seconde. Bij haar Liefdesontbijtjes, zoals zij die zelf noemde, ging er geen yoghurtje de keuken uit of er lag wel een bloemetje op, geen honingpotje zonder lavendelstengel en geen puddinkje zonder een kersje. Net als haar cakejes en koekjes was alles huisgemaakt, behalve de croissants. Die haalde ze elke ochtend bij de boulangerie, waarna ze die in de oven nog even warm maakte. Versgeperste jus d'orange, fruitsalades van aardbeien, kiwi's en bessen uit eigen tuin. Haar ontbijtcreaties waren de lekkerste van heel Frankrijk, dat compliment kreeg ze regelmatig te horen.

Ook deze ochtend had ze weer een huis vol gasten, maar alles liep op rolletjes, zeker nu ze niet hoefde te vrezen voor Abels buitenissige confrontaties met de gasten. Zijn rol was met groot succes overgenomen door madame Zwijnekop en haar man. En het moet gezegd, die kweten zich verrassend goed van hun taak. Aan het eind van de ochtend, toen de meeste gasten vertrokken waren, hadden ze met z'n drieën de ontbijtboel afgewassen en opgeruimd.

Rond twaalven, de Zwijnekopjes waren net naar huis, had Abel haar geappt dat hij eraan kwam en dat was fijn. Ze verlangde

ernaar hem weer in haar armen te voelen. Over een halfuur had hij gezegd. Ze keek op haar horloge. Bijna half twee. Ze had trek. 'Zal ik op je wachten met lunch? Xxx' appte ze.
Ach, bedacht ze zich, ik begin vast met de kamers, ik zie hem zo wel.
Ze was zo druk met beddengoed verschonen en stofzuigen dat ze de tijd vergat. Met een schok zag ze dat het al drie uur was. Ze checkte haar telefoon. Abel had niet gereageerd. Vreemd. Ze belde hem, hij nam niet op. De ongerustheid die ze onbewust al die tijd al had gevoeld, vlamde op. Met een hoofd vol rampscenario's liep ze de trap af.
Misschien is hij bij Jean-Claude! Hoopvol toetste ze zijn nummer, maar Abel was niet bij hem. In korte zinnen vertelde ze dat Abel bij Pierre was en had geappt dat hij eraan kwam, maar dat ze al een paar uur lang niets meer van hem had gehoord. 'En ik zit hier zonder auto...'
Jean-Claude reageerde zoals ze had gehoopt: 'Ik kom naar je toe.'

Vijf minuten later draaide de kanariegele Renault Express van de burgemeester de binnenplaats op.
Angela liep hem tegemoet. 'Jean-Claude! Wat fijn!'
Ze wangkusten elkaar. 'Ik doe even de keukendeur op slot,' zei Angela. 'Dan gaan we meteen.'
Jean-Claude liep met haar mee. 'Wat doet Abèl bij Pierre?'
Iets in zijn stem maakte dat ze zich omdraaide. 'Hoezo?'
Jean-Claude wees naar de pergola. 'Laten we even gaan zitten.'

'Ik moet zeggen,' begon Jean-Claude, 'dat ik me altijd nogal heb verbaasd dat jullie zo dik waren met Pierre. Ik heb Abèl daar ook voor gewaarschuwd.'

Angela voelde de angst als een ijskoude bal in haar maag. Opeens brak ze. 'Pierre heeft Abel gedwongen ecstasy te smokkelen uit Nederland! En ik ben zo bang dat er iets is misgegaan, dat ze ruzie hebben gekregen en dat er iets heel ergs aan de hand is!'
Jean-Claude verstrakte. 'Ecstasy? Merde!' Hij schudde zijn hoofd. 'Ik ken die jongen al z'n hele leven. Het is een vreemde vogel en zeker geen lieverdje. Maar ecstasy... Nondeju!'
'Kunnen we erheen?'
'Als het om drugs gaat, moet ik de gendarmerie verwittigen.'
'Nee!' schoot Angela uit. 'Dat kan niet! Dan zijn wij ook de pineut!'
Jean-Claude dacht na. 'Oké, dan gaan we eerst samen poolshoogte nemen. Maar wat ik zei, het is een rare vogel.' Hij keek om zich heen. 'Hebben jullie een geweer?'
'Denk je dat dat nodig is?'
'Nee, maar ik kom daar als burgemeester en hoofd van de politie. En je weet maar nooit.'
'We hadden een geweer, maar dat heeft Abel teruggegeven aan Fifi.'
Hij stond op. 'Dat komt dan goed uit, want daar komen we langs.'

Wat te verwachten viel, gebeurde. Fifi was niet bereid een van haar wapens af te staan. Integendeel. Midden in haar keuken zette ze haar handen in haar zij en posteerde zich op haar roze pantoffels pontificaal voor Jean-Claude. 'Als er geschoten moet worden, beste neef, dan doe ik dat.'
Hij kende zijn tante. Hij slikte een verwensing in en slaakte een grimmige zucht. 'Vooruit dan maar.'
Fifi duwde hem opzij, liep naar haar gewerenkast en koos uit

de verzameling zware wapens haar sniper rifle. Ze vulde de zak van haar gebloemde huisschort met patronen en gespte haar holsterriem met de twee Colts om. 'Allez! Ik ben d'r klaar voor!'

Hoofdstuk 34

Door het raampje keek Abel Pierre na tot die in zijn caravan verdween. Meteen stond hij op en probeerde het deurtje open te krijgen. Er kwam nauwelijks beweging in. Hij ging op de grond zitten, zette zijn voeten er tegenaan en trapte uit alle macht, maar het gaf niet mee. Hij voelde een golf van paniek opkomen. Hij moest dit stinkhok uit! Voordat die gek terugkwam! Zwetend en vloekend begon hij met twee voeten tegelijk tegen de deur te trappen. Toen hij merkte dat het niks uithaalde, krabbelde hij hijgend overeind. Het raam!

Hij rende naar voren en stompte met zijn vuist tegen het raam, maar de dubbele laag plastic was verrassend sterk. Hij vloekte en wreef over zijn pijnlijke knokkels. Op dat moment zag hij aan het eind van het pad een kanariegele Renault Express het terrein op komen rijden.

'Hier woont hij,' zei Jean-Claude. 'In die caravan daar.' Midden op de vlakte stopte hij. 'Jullie blijven in de auto. Ik ga even rustig met hem praten.' Hij stapte uit.

Fifi, op de passagiersstoel naast hem, opende het portier en kwam met haar geweer in haar hand naar buiten. 'Ik ga mee.'

Er ontviel Jean-Claude een vrij krachtige vloek.

'Fifi! In godsnaam! Wees nou voor één keer niet 'ns zo godsliederlijk eigenwijs! Laat mij nou eerst even gaan kijken! Er is waarschijnlijk niks aan de hand!'

Maar de kraaloogjes in Fifi's gerimpelde gezichtje straalden

een niet te breken onverzettelijkheid uit. Ze kneep haar lippen op elkaar en zette zonder een woord koers naar de caravan.
'Dan ga ik ook mee!' riep Angela vanaf de achterbank en opende het portier.
Dit werd de geplaagde burgemeester te veel. 'Nee!'
Hij trapte de autodeur weer dicht. 'Jij blijft hier! En waag het verdomme niet om naar buiten te komen!'
In de verte ging het deurtje van de caravan open. Pierre kwam op hen aflopen, zijn geweer in zijn vuist.
Ter hoogte van de bulldozer hield hij halt. Hij plantte zijn voeten in de kalk en schreeuwde: 'Wat moeten jullie hier?'
'We komen je helpen!' riep Jean-Claude. 'Maar gooi eerst dat geweer weg. Er is niks aan de hand!'
Pierre wees met een beschuldigende arm naar Fifi. 'Die ouwe heeft ook een geweer!'
'Dat is Fifi! Die doet geen vlieg kwaad! Dat weet je best. We komen voor Abèl. Is die bij jou?'
'Abèl? Abèl is een klootzak!'
'Is hij hier?'
'Natuurlijk niet!'
'Pierre, laten we kappen met die onzin. Dit gaat nergens over. Doe dat geweer weg, dan lossen we het op.'
'Er valt niks op te lossen!'
'Pierre, we zijn hier om je te helpen!'
'Ha!' lachte hij smalend. 'Mij helpen? Ja, mij in de shit helpen zal je bedoelen! Jij hebt altijd schijt aan mij gehad, Jean-Claude, met je grote bek! Jullie hebben allemaal schijt aan mij. En nu heb ik schijt aan jullie!' Hij richtte zijn geweer op Jean-Claude en loste achter elkaar twee schoten.
Jean-Claude en Fifi lieten zich tegelijk op de grond vallen. Pierre klapte de loop open en duwde twee nieuwe hagelpatronen

in de lopen. Maar Fifi richtte haar sniper rifle en vuurde.
Pierre's geweer vloog uit zijn handen, tolde door de lucht en Pierre sloeg door de klap achterover. Hij krabbelde overeind, reikte naar zijn wapen, maar Fifi schoot opnieuw en het geweer vloog een paar meter verder. Vloekend rende Pierre naar de bulldozer, sprong in de cabine en startte de motor.
'Weg!' brulde Jean-Claude. 'Naar de auto!' Hij greep Fifi bij de hand en rende naar de Renault, het kleine vrouwtje met zich mee sleurend.
Pierre gaf gas, de bulldozer denderde in volle vaart op de rennende Jean-Claude en Fifi af.
Jean-Claude hoorde het motorgebrul vlak achter zich, hij sloeg een arm om Fifi's middel en gooide zich met haar opzij.
'Ik maak je kapot!' schreeuwde Pierre uit de cabine. Met de bulldozer koerste hij recht op de Renault af. Juichend stootte hij de graafbek door het achterportier. Met een scheurende klap gleden de stalen tanden naar binnen. Joelend van plezier tilde Pierre de auto hoog de lucht in en reed ermee naar de afgrond aan de rand van het plateau.
Vanuit de stacaravan zag Abel wat er gebeurde. Hij slaakte een oerschreeuw, rukte het tafeltje uit zijn schroeven en trapte het kogelgat in de wand groter. Hij wurmde zich naar buiten en stormde brullend van woede op de bulldozer af. Met een reuzensprong landde hij op de treeplank en hees zich omhoog. Met twee handen trok hij zich op aan de deur, zweefde even vrij in de lucht en trapte Pierre met beide voeten krakend in zijn gezicht. Pierre sloeg met zijn hoofd tegen de deurstijl, zijn voet schoot van het gaspedaal en hij viel ruggelings naar buiten. Abel rukte aan het stuur. De bulldozer zwaaide af en reed zich met een klap vast in een berg kalk.
'Poekie!' schreeuwde Abel naar boven. Behendig als een kat

klom hij langs de grijparm omhoog naar de Renault en wrikte het portier open.
Angela lag op de grond tussen de stoelen. Met een verdwaasde glimlach keek ze op en fluisterde: 'Waar bleef je nou?'
Door Abels gewicht begon de auto te kantelen en langzaam gleed Angela door de openstaande deur naar buiten.
'Poekie!' Abel greep haar hand, maar hij verloor zijn evenwicht en hand in hand tuimelden ze naar beneden.
In een wolk van stof stortten ze neer op de kalkberg.
Hoestend krabbelde Angela overeind. Toen ze haar ogen opendeed, keek ze in het witbestoven gezicht van haar man. Zelfs zijn lange jezushaar was wit. Ze schoot in de lach.
'Aab! Wat is er met je? Zijn we dood en is dit de hemel?'
Liefdevol veegde Abel de kalk van haar lippen en kuste haar.
'Met jou ben ik altijd in de hemel, Poekie.'
Met de armen om elkaars middel strompelden ze de berg af.

Beneden lag Pierre op de grond, zijn gezicht bleek als een kaars, zijn ogen gesloten. Zijn benen lagen in een vreemde hoek. Jean-Claude en Fifi keken op hem neer.
'Wat heeft hij?' vroeg Angela.
'Benen gebroken,' zei Jean-Claude. 'Hoe erg weet ik niet.'
Angela boog zich over Pierre heen. Ze viste zijn telefoon uit zijn broekzak en gooide die op de kalkberg. Met een geheimzinnig lachje draaide ze zich naar Fifi.
'Mag ik even?' Met een snelle beweging trok Angela de Colt uit Fifi's holster, richtte en haalde de trekker over. Met een oorverdovende knal spatte de telefoon uit elkaar in een wolk van splinters.

Epiloog

Een briesje speelde door de druivenbladeren boven de pergola en liet zonnevlekken dansen over een welvoorziene kaasplank.
'Iemand nog een stukje?' Uitnodigend hield Abel zijn Opinelmes boven het Plateau de fromages.
Jean-Claude wierp een blik op de lege fles Mas des Anges rosé en schoof zijn bord naar voren. 'Vooruit dan. Voor bij mijn laatste glaasje wijn.'
'Non merci,' kwetterde Fifi. 'Maar tegen een glaasje rosé zeg ik geen nee...'
Angela glimlachte. 'Ik pas even.'
Abel sneed twee flinke punten Epoisses af. 'Ik doe met je mee, Jean-Claude. Maar ik vrees dat ik eerst even naar de cave moet.'
Hij schoof de stinkkaas op hun borden en begaf zich naar de wijnkelder.

In de schemerige ruimte liep hij naar het achterste gedeelte waar hij zijn beste wijnen bewaarde en trok een fles uit een kist. Met een voldane glimlach klopte hij even op de zwarte Adidastas die hij achter een wijnvat had verstopt. Toch goed dat ik nog even ben teruggegaan om deze zwaarbevochten smarties te redden...
Toen hij weer buiten kwam zag hij iets bewegen tussen de takken van de plataan.
'Kijk!' riep hij verrast. 'Daar zit Eekie!'
'Yeeey!' juichte Angela. 'Het is 'm echt! Eekie!'

Ze pakte een walnoot van de kaasplank en strekte haar hand uit.
'Eekie! Kom bij de vrouw!'
Het kastanjekleurige diertje hipte een tak omlaag. Daar bleef hij zitten en keek Angela met zijn kleine kraaloogjes aan.
'Eekie!' riep ze weer.
Met zijn arm uitgestrekt ging Abel naar hem toe.
'Eekie! Ik ben het! Papa! Kom je weer op m'n schouder zitten?'
Maar het eekhoorntje zwaaide met zijn staart, nam een sprong en verdween tussen het gebladerte.
Overmand door tedere gevoelens liep Abel naar de tafel.
Juist toen hij de kurkentrekker wilde pakken, trilde de telefoon in zijn zak. Hij haalde hem tevoorschijn.
Een appje. 'De Kolonel is vrijgesproken. Wees voorzichtig. Bonkers.'
Glazig staarde Abel naar het display. Langzaam drongen de verstrekkende gevolgen van deze mededeling tot hem door…

Fin

LEES OOK VAN ILJA GORT

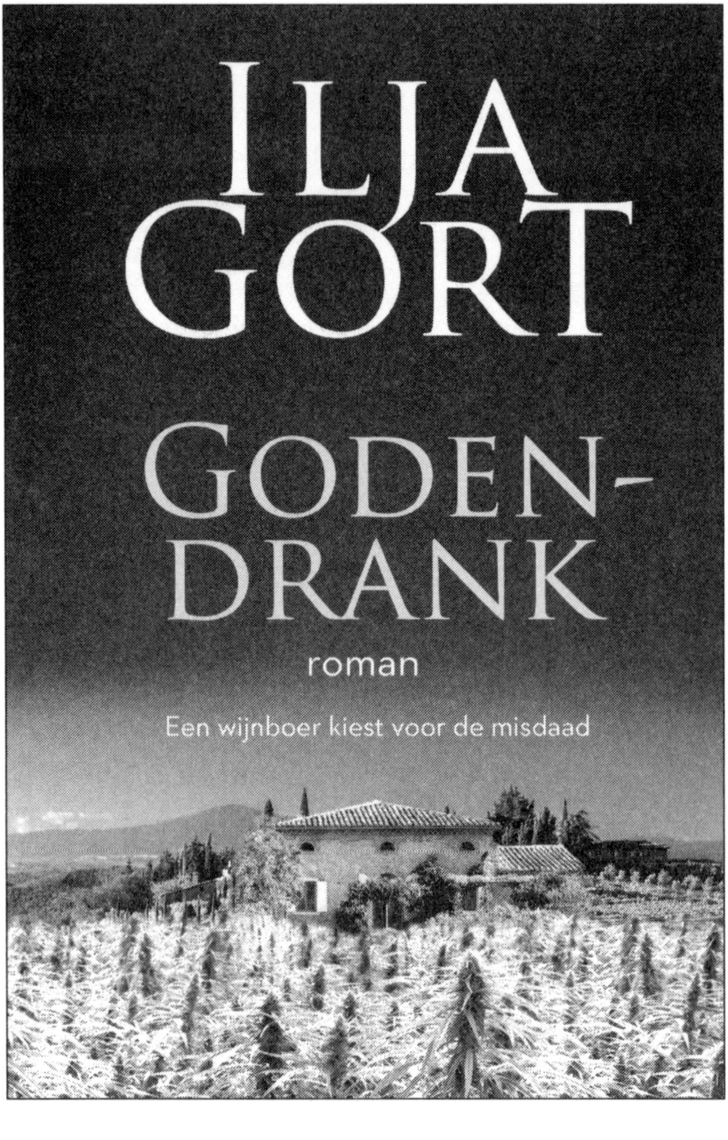

Meer Abel en Angela?
Bed en Breakfast is het zelfstandig te lezen
vervolg op *Godendrank*.

LEES OOK VAN ILJA GORT

Godendrank

Een wijnboer kiest voor de misdaad

Deze roman van Ilja Gort is
'Ik vertrek' in de overtreffende trap.

Met veel humor beschrijft Gort de avonturen van dromer Abel en zijn nuchtere vrouw Angela die hun winkeltje in de Amsterdamse Jordaan verkopen om een wijnboerderij in Zuid-Frankrijk te beginnen. Ze worden getroffen door bizarre tegenslagen en Abel besluit wiet te gaan telen om zijn wijn te voorzien van een scheut geestverruiming. Daarmee kruisen ze het pad van lieden die het niet zo nauw nemen met de wet, hetgeen leidt tot hilarische gebeurtenissen en een spetterende ontknoping.

'Voor mij zijn dit de ideale vakantieromans. Instant vrolijkheid.' — *Vakantielezen*

'Als je een dip hebt, lees dan een boek van Ilja Gort. Gegarandeerd dat je met een lach op je gezicht zit te lezen.' — *Biebmiepje*

'Ademloos gelezen. Kon het niet wegleggen. Prachtig beeldend geschreven met bloedstollende passages in schitterende landschappen. Lees dit boek!' — *Boekenbijlage*

LEES OOK VAN ILJA GORT

De druivenfluisteraar

Een druivenplukker met een mysterieuze gave gaat de strijd aan met de gevaarlijkste man van Italië.

Janty is een anti-held wiens leven bestaat uit werken in de wijngaard. Alles wat hij ziet, vertaalt hij naar zijn eenzame bestaan tussen de druiven.

Dankzij een bijzondere gave sluit hij vriendschap met een truffelvarken en redt dat van de slager. Dit vormt het startschot voor een roadtrip waarin Janty en zijn varken op de vlucht in een oude eend door Frankrijk en Italië, verzeild raken in bizarre situaties. Geholpen door Figaro-journaliste Leonie Fougard stuiten ze op een grootschalige fraude met valse truffels die uiteindelijk leidt tot een verrassende confrontatie met de Italiaanse Maffia.

"Gorts manier van schrijven is zeer aanstekelijk en beeldend. Je proeft er de liefde voor mens en dier voortdurend in. En dan ook nog eens met zoveel humor. Je wordt het verhaal in gezogen!"
— *Boekenbijlage.nl*

LEES OOK VAN ILJA GORT

De vulkaan

De burgemeester van een dromerig Frans dorpje
grijpt de kans van zijn leven

Emile, een aan lager wal geraakte wijnhandelaar, erft onverwacht een wijndomein in een dromerig Frans dorpje. Hij wordt zo verliefd op het dorp dat hij probeert er burgemeester te worden. Dat lukt hem, maar het zadelt hem op met de zware taak het gehucht van de dreigende ondergang te redden.
Hij ontdekt een slapende vulkaan en probeert die met behulp van de dorpelingen om te toveren in een toeristische attractie. De situatie loopt volledig uit de hand en als Emile tenslotte met zijn rug tegen de muur staat, moet hij kiezen: nationaal succes? Of de rode knop indrukken?

In deze nieuwe roman neemt Ilja Gort u mee naar zijn zonovergoten Frankrijk en laat u genieten van het Franse leven zoals alleen hij dat kan.

'Vijf sterren. Geweldig boek.'

'Ik moest lachen en huilen tegelijk.'

'Boek van het jaar! Gort is een meesterverteller.'

LEES OOK VAN ILJA GORT

De vrouwenslagerij

In een Frans dorpje nemen vier vrouwen
wraak op de mannen in hun leven

Als de enige slager in een Frans dorp plotseling sterft, nemen zijn dochter en haar nietsnuttige man de zaak over. Dit is het begin van een reeks dramatische gebeurtenissen, lugubere incidenten en romantische misverstanden die het leven in het dorpje voorgoed veranderen.

Op Roald Dahl-achtige wijze beschrijft Ilja Gort wat er gebeurt als vier vrouwen het recht in eigen hand nemen. Deze met vaart geschreven roman ontroert en weet ook de lachspieren te prikkelen.

'Gort schrijft op een manier waar veel Nederlandse literaire schrijvers een punt aan kunnen zuigen.'
– *de Volkskrant*

'Goed onderhoudende roman met een messcherp randje.'
– *Hebban*

'Gort laat je gieren van het lachen maar kan ook diep ontroeren.' – *Boekblad*

LEES OOK VAN ILJA GORT

De geluksvogel

Een Nederlandse reclameman met een wijnchateau op het Zuid-Franse platteland ontfermt zich over een Franse wijnboer die een camping is begonnen

Harold Wechter is een Nederlandse reclameman die een wijnchateau in Frankrijk heeft gekocht. Hij komt in contact met Régis, een door en door Franse wijnboer wiens zaken niet al te best gaan. Harold adviseert Régis een 'Camping à la ferme' te beginnen.
Hiermee ontketent hij een onstuitbare reeks voorvallen die op de camping op het zinderende Zuid-Franse platteland tot bizarre situaties leidt. Een advocatenkantoor wordt met kettingzagen het bos ingestuurd, Hollandse naaktlopers biodansen in het maanlicht, een belastinginspecteur krijgt te maken met een verrassende vorm van biologische oorlogsvoering en een druivenfluisteraar zoekt de mysterieuze wijngaard met merlotdruiven van verwoestend lekkere kwaliteit.

'Een briljante roman.'
– Herman Brusselmans

LEES OOK VAN ILJA GORT

Leven als Gort in Frankrijk

14e druk

Ilja Gort kocht in 1994 een vervallen wijnkasteel bij Bordeaux. In tien jaar tijd wist hij dit op te bouwen tot een succesvol wijnbedrijf. Zijn La Tulipe-wijnen winnen hoge onderscheidingen op internationale wijnconcoursen en zijn, evenals zijn Slurp-wijnen, exclusief verkrijgbaar bij Albert Heijn.

Over de beginperiode en de opbouw van zijn château schreef Gort *Leven als Gort in Frankrijk*, een buitengewoon humoristisch boek waarvan inmiddels meer dan 100.000 exemplaren zijn verkocht. Op geestige wijze beschrijft hij het reilen en zeilen op een Frans wijnchateau. Hij onthult zorgvuldig bewaarde geheimen over wijn en doet intieme ontboezemingen over de verwezenlijking van een droom. Soms luchthartig, soms emotioneel, maar altijd oprecht.

Een heerlijk boek en een absolute aanrader voor iedere Frankrijkliefhebber.

'Ilja is wijn, wijn is Ilja. Ik zou hem willen drinken, die man.' – *Ronald Giphart*